Metamorfosis y otros relatos

Metamorfosis y otros relatos
Primera Edición
© José Acevedo, 2018
© Ilustraciones del interior: Gonzalo Seis, 2018
© Sobre esta edición: La Pereza Ediciones, Corp

Impreso en Estados de Unidos de América

ISBN-978-0-9993148-4-5 (La Pereza Ediciones)

Para más información, escribir a:
La Pereza Ediciones
dsasiga@laperezaediciones.com
www.laperezaediciones.com

METAMORFOSIS Y OTROS RELATOS

José Acevedo

(Ilustraciones de Gonzalo Seis)

LA PEREZA EDICIONES

NOTA DEL AUTOR

Vivimos en sociedades cubiertas por las sombras. En ellas, la mujer es una sombra al servicio del poder y del machismo.

Metamorfosis no es más que un proceso de transformación, en el que ella debe salir reforzada para convertirse en la protagonista de su propio cambio, situándola en el espacio que merece. Posiblemente, la oscura realidad social, económica y política que nos alimenta día a día para cerrarnos nuestros ojos, pueda convertirse, a través de ella, en una esperanza.

No me cabe la menor duda de que es y será así, muy pronto.

Para Blanca

METAMORFOSIS

I

Carlos se desveló de su profundo sueño a consecuencia del malestar que recorría todo su cuerpo. Intentó no hacerle demasiado caso y seguir durmiendo, pero unos sudores fríos y un fuerte dolor de vientre se lo impedían. Como si algo le hubiera sentado mal en la cena, como si estuviera incubando un virus. Lo evidente eran aquellos dolores en el bajo vientre, acompañados de mareos y náuseas.

No tuvo más remedio que levantarse, sin llegar a encender la luz del dormitorio, e ir al cuarto de baño completamente a oscuras. Cuando levantó la tapadera del váter y consiguió sentarse no sin dificultad, sintió como si algo le cayera por la pierna, un líquido viscoso al tacto. Fue cuando se asustó y le dio al interruptor, viendo entonces cómo, a lo largo de sus piernas chorreaba un hilo de sangre, cómo aquel líquido pegajoso salía de su propio cuerpo, a través de un órgano sexual que hasta ayer mismo era otro, comprobando cómo su pene y sus testículos se habían transformado en una vulva, sin entender ni el cómo, ni el porqué. El cuándo era evidente, de la noche a la mañana, de la misma forma que era incuestionable el sentido de aquella sangre deslizándose a lo largo de su pierna.

Pero su sorpresa no quedó ahí, tras percatarse del resto de su cuerpo delante del espejo, aquellos pechos tan bien proporcionados que habían florecido de la nada mientras dormía, aquel rostro metamorfoseado también en unas bonitas facciones femeninas.

Allí se quedó, delante del espejo, sin saber si gritar, si llorar, si sonreír, o simplemente, si cortarse las venas al imaginar las consecuencias de aquella transformación experimentada por su cuerpo. Carlos, treinta y siete años, recién divorciado, agente de seguros y con una hija de diez años a la que adoraba, convertido de repente en mujer, y sin tener que pasar por el quirófano.

Intentó sobrellevar el asunto con un toque de normalidad dentro de aquella rareza, mientras pensaba en el mañana. En cómo afrontar la nueva vida que tenía por delante dentro de la vida que tenía por detrás.

Lo primero que se le ocurrió fue darse una ducha. Después, buscar una toalla pequeña que taponara aquella sangría, uniéndola a su cuerpo como pudo, con un poco de celo como solución de urgencia. Pasó las horas siguientes que le quedaban hasta el amanecer buscando explicaciones coherentes, que no llegó a encontrar; también soluciones, con las que poder dar respuesta a sus nuevas necesidades.

En principio, pensó en llamar a la oficina, a eso de las nueve, decirles que no se encontraba bien, que había cogido cita con el médico ese mismo día, que ya les mantendría al corriente. Después, tendría que comprar algo de ropa, tras darse cuenta de cómo sus camisas resultaban totalmente inapropiadas para dar cobijo a aquel nuevo volumen que había adquirido su cuerpo. Respecto de Lucía, su hija de diez años, ya vería qué hacer, posiblemente tuviera que hablar antes con su madre, pedirle consejo mientras la nueva situación se fuese normalizando, dentro de lo que cabe, claro.

Tal y como había ideado durante aquella madrugada, lo hizo.

Carlos llamó a la oficina, cogió cita después en el centro de salud para las tres de la tarde. El resto de la mañana la aprovechó para irse de compras.

No tuvo más remedio que cambiar sus tiendas habituales por otras, que acostumbrarse a ciertas cosas que hasta ayer mismo resultaban impensables. Antes que nada, lo primero que tuvo que hacer fue bajar al supermercado de la esquina para comprar un paquete de compresas, sin llegar a valorar aquel lenguaje tan desconocido para su diccionario cotidiano –normal, súper, súper-plus, con alas, sin alas–. Cogió las primeras que vio, descartando por completo lo del *tampax*. "Tendría que madurar un poco en su mentalidad femenina antes de poder introducir un artilugio como aquel en su recién estrenado órgano femenino", pensó.

Después se adentró en el mundo de los centros comerciales, y en la tienda de lencería de una marca conocida le llegó el momento del lenguaje de los sujetadores. Eso de la talla tenía un pase, pero lo de la copa le sonaba a chino. Así, que cogió varias tallas diferentes, se encaminó con todas las prendas hasta el probador, y se fue poniendo una a una hasta dar con la suya. Allí, delante del espejo, se sentía extraño toqueteando sus tetas, ocultándolas bajo aquellos encajes, recordando, como hasta hacía pocos meses, contemplaba aquella operación desde fuera con admiración, con erotismo, viendo cómo Julia, su mujer, se probaba un sujetador detrás de otro hasta dar con el que mejor le sentaba, más le marcaba el busto, más le apetecía lucir. En cambio, él se sentía aquella mañana como un transexual tras una reciente intervención de cambio de sexo, salvo que sus pechos lucían con más naturalidad, con más sinceridad, con más franqueza; y además, por sorpresa. Tras varios intentos y numerosos sobeos, llegó a la conclusión de que su talla perfecta era una 95B, sin saber demasiado bien qué podría significar aquello.

A continuación le tocó seleccionar las prendas de abajo, operación que le resultó mucho más sencilla. Todo conjuntando, en varias tonalidades, dependiendo para qué momentos del día, de la noche. Algo había aprendido tras varios años de convivencia con Julia.

También tuvo que ir acostumbrándose al tratamiento que recibía en las tiendas. *Buenos días, señora, ¿puedo ayudarla en algo?*, o a las miradas descaradas de los tíos a su paso, que al principio no le hacían ninguna gracia, pero a las que tendría que ir habituándose, aunque sólo fuera para no deteriorar aún más su frágil salud mental. Más de una vez tuvo la tentación de decirle a alguno algún disparate merecido, del tipo *"Pero so maricón, ¿no te das cuenta que soy un tío?".* Pero no lo hizo, llegando a entender, en esos momentos, al sexo femenino, porque aun siendo consciente de que su cabeza seguía pensando como un hombre, que su nombre seguía siendo Carlos, hasta que no resolviera ciertos problemas legales, a los ojos de todos, incluso a los suyos delante del espejo, su cuerpo era por completo de mujer, además de una mujer de buen ver.

Después de la ropa interior, se adentró en los probadores de varias tiendas de moda, sin saber a ciencia cierta en qué tenía que fijarse. Bueno, sí, era evidente que necesitaba un vestuario completo para su nuevo cuerpo, pero no dejaba de interrogarse mentalmente sobre qué tipo de mujer pretendía ser él, qué estilo debía tener. Tras tantas preguntas y dudas existenciales eligió un poco de todo, sin dejar de posar mil veces ante los espejos de los probadores. Ropa de diario, ropa para ir al trabajo, ropa para salir de noche, ropa para momentos especiales. Era el mismo discurso que recordaba de Julia.

En esa vorágine le sonó el teléfono. Precisamente era ella. Aun dudando de si aquel era el momento adecuado o no, le cogió la llamada, decidiendo sobre la marcha que era la ocasión de sincerarse y pedir ayuda, por qué no.

– Dime, Julia.

– ¿Te pasa algo, Carlos? Te noto un poco extraña la voz.

— Si yo te contara.

— Dime.

— Mejor no decirte nada. ¿Podemos quedar?

— ¿Es urgente?

— No sé realmente si lo es o no, pero creo que sí, Julia.

— ¿No estarás enfermo?

— No sé cómo explicártelo. Por eso te digo que mejor vernos, y después ya valorarás si estoy enfermo o se trata de otra cosa.

— Me estás asustando, Carlos.

— No es para tanto, digo yo. O sí. No lo sé.

— ¿Dónde estás ahora, Carlos?

— ¿Ahora mismo? En el *Zara* del centro comercial.

— Pues no debe ser tan grave cuando te has ido de compras, en vez de ir a trabajar.

— Comprueba la gravedad por ti misma, y después opinas.

— Venga, Carlos. Voy para allá.

— Espera. Quedamos en medida hora en la cafetería del centro comercial, la que hay a la entrada.

— Como quieras, Carlos.

— Pero por favor, Julia, no te asustes cuando me veas. Soy yo, la misma persona que estuvo casada contigo.

— Joder, Carlos. De qué me estás hablando.

— Sólo te estoy advirtiendo. Ve haciéndote a la idea de que las cosas no son lo que eran.

— Pero a la idea de qué, Carlos.

— Ven y lo verás por ti misma, Julia.

— Bueno, ya veré, como tú dices... Pero, qué complicado eres, tío. Ahora nos vemos.

— Hasta ahora, Julia.

Carlos no sabía a ciencia cierta de si el timbre de su voz había cambiado también o era el mismo, de lo que no le quedaba ninguna duda, es de que Julia no le reconocería cuando le viera. Así que dejó todas las prendas que había cogido en su sitio, salió de la tienda y se encaminó hacia la cafetería a esperar que llegara. Después, ya vería qué haccer.

Vio aproximarse a Julia por delante de la terraza de la cafetería, evidentemente ella no se percató de su presencia. Pasó de largo, regresó al mismo punto, volvió a pasar de largo, miró para todas partes, esperó un instante pensativa, antes de verle le vio coger el teléfono para llamarle.

— ¿Dónde estás, Carlos? Estoy en la puerta de la cafetería y no estás.

— Aunque te parezca mentira, estoy frente a ti.

Ver su rostro girarse, fijarse en aquella mujer de treinta y siete años, con media melena de color oscuro, con aquellos vaqueros y con aquella camiseta un tanto amplia, con aquellas deportivas rojas, haciéndole un gesto de saludo con la mano, una indicación con el dedo, como llamándola ante el rostro de sorpresa de Julia.

— ¿Carlos?

— Calla, no hables tan fuerte mujer. No es necesario que todo el mundo se entere.

Aproximarse sin siquiera saludarle, sin saber si acaso cómo hacerlo, viendo como él se incorporaba de su asiento y le daba dos besos en las mejillas, sin dejar de perder su sonrisa ante el gesto de incredulidad, de asombro por parte de Julia.

— ¿Qué broma es esta, Carlos?

— No es ninguna broma. Siéntate y te explico.

— Joder, tío, ¿qué te has hecho?

— Hacerme… yo precisamente nada…

— No me engañes, Carlos. No puedo imaginarme que nuestra separación te haya podido afectar tanto.

— No es eso, Julia. Déjame que te explique.

— No es que quiera pedirte explicaciones, pero como podrás comprender…

– La misma sorpresa me llevé esta mañana al levantarme.

Explicarle después, sin perder el tono jovial que estaba utilizando, todo lo que había experimentado su cuerpo en las últimas horas, y sin entender el porqué.

– Joder, tío, no me lo puedo creer.

– ¿Te crees que yo sí?, que cuando vi mi cuerpo delante del espejo pensé, qué bien, y sin necesidad de operación.

– No te burles de esto, Carlos.

– No me estoy burlando de nada, Julia. Sólo intento asimilarlo.

– ¿Qué vas a hacer ahora?

– Llevo toda la noche pensando en las consecuencias. Más bien, en saber afrontar mi vida con esta nueva imagen. Lo primero que he hecho ha sido llamar al trabajo, decirles que me encuentro mal. Después, he cogido cita en el médico. Después, no sé, ya veré.

– Podrías operarte y volver a tío de nuevo.

– No he pensado nada sobre eso. De momento me preocupan otras cosas, como Lucía. Acostumbrarme a la vida como mujer, a tomar decisiones conforme vayan surgiendo los momentos.

– ¡Me has dejado…!

– Me lo imagino. Ya te advertí por teléfono.

– Por Lucía no te preocupes, todavía es muy pequeña para entender ciertas cosas, o podemos ocultárselo de momento, decirle que te has ido una temporada de viaje, no sé, Carlos, ya se me ocurrirá algo.

– Eso espero, Julia.

– ¿Puedo ayudarte en algo, Carlos?

– Creo que sí, ¿por qué te crees que he quedado contigo?

Después de tomarse un café, Carlos le cogió de la mano y la incorporó de su silla. Una vez de pie los dos, le dio un cálido beso a ella.

— Ey, Carlos. Nos tomarán por dos lesbianas.

— Cómo si me importara a mí eso ahora, después de todo.

Cogidos de la mano la invitó a descubrir su estilo femenino, como dos amigas de edades parecidas, que dedican la mañana a ir de compras, o como dos hermanas también.

Junto a ella todo le resultaría más sencillo. Eso de las medidas, eso de los estilos, eso de los momentos. Qué debería parecer a Julia tener que acompañar a su ex marido para hacerse con un vestuario de mujer, sobre todo, cuando hasta hacía bien poco tiempo, era todo lo contrario.

Después de elegir diferentes prendas para las diferentes ocasiones, llegaron a los complementos.

— Carlos, ¿recuerdas lo que te gustaba que me pusiera?, pues ahora tienes la ocasión de ponértelo tú sin que parezcas un travesti.

En uno de aquellos probadores, ella le pidió que se pusiese uno de los vestidos que habían elegido.

— Ponte el vestido negro, ahora vuelvo.

Regresando al instante con unos zapatos de tacón alto.

— Póntelos, Carlos.

— Joder, me voy a matar con esto.

— Tendrás que aprender a andar con ellos, como todas las mujeres lo hemos hecho para intentar seducir a los hombres. Ahora eres una mujer, ¿o es que no te ves?

— Pero, Julia, ¿cómo voy a seducir a un tío si yo soy un tío?

— Este es tu problema, Carlos. Debes dejar de verte como lo que has sido siempre. Ya no eres un hombre, aunque sigas pensando como tal.

Lo vio delante de ella con aquel vestido corto, con aquellos tacones altos. Buscó en su bolso un pintalabios rojo y perfiló los labios de Carlos. Le miró de cerca, sin decir nada, sin hacer ningún gesto. Él, a pesar de su rubor, se dejaba hacer.

— ¿Te puedo decir algo, Carlos?

— Dime lo que quieras, después de todo…

— Estás preciosa, más guapa que como hombre.

Le dio entonces un beso en los labios, en una de esas escenas íntimas, tras la cortina echada de un probador, por la que cualquier tipo estaría dispuesto a pagar una pasta para verla de cerca. Él siguió dejándose hacer, ella se dejó llevar también, pero sin ir más lejos, sólo aquel par de labios que tan bien se conocían, juntos de nuevo en tan distintas circunstancias.

— Perdóname, Carlos, ha sido un impulso.

— No te preocupes mujer, realmente me ha gustado. Tal vez me haya convertido en una mujer lesbiana, Julia.

— Quién sabe…

Se separaron y salieron del probador cargadas de bolsas de ropa, de zapatos, de cosméticos y otros complementos. Almorzaron luego, después de aquel reencuentro tan inesperado, antes de la cita con el médico.

— ¿Quieres que te acompañe, Carlos?

— No creo que sea necesario, puedo afrontar este momento solo. Al menos eso espero.

— Vale, entonces yo recojo a Lucía del comedor. A la noche te llamo y ya me dices qué tal te ha ido.

— Gracias por todo, Julia.

— De nada, Carlos. Sabes que aún te quiero, aunque lo nuestro no pudiera seguir adelante. Y perdóname por lo de antes, no debería haberlo hecho.

Se despidieron con dos besos. La vio alejarse del coche, donde Carlos guardó todas las bolsas en el maletero, arrancando luego hacia su segunda cita de aquel primer día en su nueva vida.

II

Cuando escuchó su nombre, sintió un poco de vergüenza al levantarse y contemplar algunas miradas curiosas de los pacientes que aguardaban su turno tras él. Pero tenía que ir acostumbrándose. Las miradas, o los comentarios en voz baja, eran lo de menos. Entró y cerró la puerta de la consulta.

Para el médico no debía resultar extraño, en tiempos como los actuales, que tras un nombre masculino hubiera un cuerpo de mujer; además, desde el punto de vista profesional, no dejaba de ser un simple paciente.

Le contó al doctor el objeto de su visita, los acontecimientos de la noche pasada, que no dejaron de sorprenderle, por supuesto, pero intentó tomárselo con un poco de naturalidad.

— No puedo decirle que sea normal, pero debemos afrontar los hechos con la mayor normalidad posible, supongo.

— No sé, usted es el médico.

— Por eso se lo digo. Le aconsejo una serie de pruebas. No vamos a encontrar el origen de los cambios, pero puede que sí alguna explicación al comportamiento normal o anormal de su cuerpo. Y si después decide recibir otro tipo de ayuda, no tiene más que decírmelo.

— ¿Ayudas de qué tipo?

— No sé, me refiero a ayuda psicológica.

— Dudo de que pueda sobrellevar bien todos estos cambios en tan poco tiempo.

— Por eso se lo digo.

Anotó mil cosas en el ordenador, indicándole que recibiría citas con varios especialistas, entre ellos, con el neurólogo y con el ginecólogo.

– Una vez que tenga todos los resultados, vuelva a verme y haremos lo que tengamos que hacer. Y si entonces necesita ayuda psicológica, dígamelo.

– Intentaré sobrellevarlo como pueda, acostumbrarme a mi nueva vida, y cuando tenga los resultados de todas las pruebas, ya veremos.

– En un principio no le receto nada, solamente si los dolores menstruales son fuertes, tómese un analgésico cualquiera. No hay medicación para transformaciones de sexo, como podrá entender.

– Lo entiendo, doctor. Pero otra cosa importante, de momento no puedo ir al trabajo en estas condiciones.

– ¿En qué trabaja?

– Llevo una sucursal de una compañía aseguradora.

– No se preocupe, le doy una baja por siete días. Dentro de una semana veremos qué tal va todo. Puedo entender que le resulte complicado volver a la oficina, pero debe buscar una solución para resolver el dilema en el que se encuentra. Los sexos no se cambian de la noche a la mañana, aunque en su caso así haya sido, pero no creo que regrese a su anterior cuerpo. Lo de regresar al trabajo debe resolverlo cuanto antes. Tómese estos siete días para pensar al menos, después ya veremos qué podemos hacer.

– Gracias, doctor.

Se despidieron con un apretón de manos y un hasta pronto.

III

Regresó a casa con todas las bolsas.

Mientras cambiaba el contenido de los armarios, como si fuese un cambio de temporada, se fue probando, delante del espejo de cuerpo entero de su habitación una a una todas las prendas, todos los conjuntos de ropa interior, todos los vestidos, todos los zapatos; siempre, sin dejar de exponer una sonrisa en su gesto, sin dejar de sorprenderse del cambio, llegándose a sentir una mujer guapa y atractiva, ¿o guapo y atractivo en un cuerpo de mujer? Lo mismo daba, la evidencia era la que era, la tenía delante de sí, debía aprender a convivir con ella, sin poder olvidarse de dos cuestiones importantes que aún le quedaban por resolver: su trabajo y Lucía.

Pasó gran parte de la tarde practicando de acuerdo con los consejos de Julia. Paseándose con sus tacones desde una esquina a la otra de la casa, como si estuviera preparándose para una pasarela de moda.

En esas estaba cuando le llamó Julia, con la que mantuvo una larga conversación acerca de la consulta con el médico, sobre Lucía, sobre cómo poder resolver las cuestiones laborales, incluso sobre la importancia de su relación con ella a partir de ahora, por cuestiones evidentes, volviendo a pedirle perdón de nuevo por lo de antes. Lo que sí tenían claro los dos, era que sería mejor esperar un tiempo antes de tener que enfrentarse a su hija con su nuevo cuerpo.

Después de la conversación con Julia, llamó a Antonio. Habían estudiado juntos durante años, coincidieron en el instituto, después en la facultad. Tras unos años de separación, se volvieron a encontrar cuando Carlos entró en la empresa en la que actualmente trabajaba. Antonio ocupaba ahora la jefatura provincial de la compañía, y tenía claro una cosa, que si podía sincerarse con alguien del trabajo, ese sin duda era Antonio.

En aquella llamada tampoco llegó a confesarle su situación, pero sí quedaron para el día siguiente en casa de Carlos. El tema no podía demorarse mucho tiempo, como le había aconsejado su médico.

Tal y como habían quedado, a las ocho del día siguiente, Antonio estaba llamado a su puerta. Cuando abrió, le vio delante de él con su traje y corbata de recién salido de la oficina. Él, con su nuevo vestuario, había decidido adoptar el papel de mujer. Tampoco quiso exagerar demasiado, pero sí se había puesto una falda corta de color negro, una blusa semitransparente que dejaba entrever el sujetador, además de subirse a esos tacones negros a los que se fue adaptando durante todo el día yendo de un lado a otro de la casa.

— Buenas noches, había quedado con Carlos.

— Pasa, Antonio.

Se le había ocurrido divertirse un poco a costa de su amigo, un juego antes de confesarle la realidad, como si intentara, con ello, romper ese recelo que sentía ante la obligación de tener que decirle lo que tenía que decirle. Para hacerlo todo más llevadero tuvo aquella ocurrencia.

No se saludaron de ninguna forma, ni con la mano, ni con dos besos. Carlos también rehuyó pronunciar nombre alguno. Lo hizo pasar hasta el salón, pidiéndole que se acomodara en el sofá.

— Siéntate, Antonio. Carlos vendrá en un momento. ¿Te apetece tomar una cerveza?

— Bueno, gracias.

Instantes después, Carlos regresaba de la cocina con las dos cervezas, ofreciéndole una a Antonio. Se sentó justo enfrente y cruzó las piernas.

Antonio no dejaba de mirarle. Aunque quisiera disimular, no lo hacía demasiado bien que digamos. El silencio imperante se tenía que romper de alguna forma. Ni Antonio sabía quién era aquella chica, ni Carlos quería develar en quién se había convertido él.

— ¿Conoces a Carlos desde hace mucho tiempo?

— Estudiamos juntos en el instituto y en la universidad. Después estuvimos un tiempo sin vernos, hasta que un día volvimos a coincidir en el trabajo.

— ¿Cómo es Carlos?

— ¿Cómo es de qué?

— No sé, tú pareces conocerle mejor que nadie.

— Imagino que tú también le conocerás.

— No te creas. Tú como hombre, ya sabes.

— ¿Qué es lo que tengo que saber? Tú estás en su casa, con lo cual deberás saber también cosas de él.

— Nos conocimos hace unos días, poco más. Por circunstancias que no vienen al cuento aquí estoy, pero eso es lo de menos.

— Es un tipo con suerte, visto lo visto.

— Gracias, Antonio, por la parte que me toca.

— Son cosas evidentes, como te llames.

— Cristina. Me llamo Cristina.

— Es algo palpable, Cristina. Carlos era el mejor en clase, tanto en el instituto como en la universidad. Además, era un tío que presumía de ello. Vamos, que la humildad no es una de sus cualidades.

— Pero es normal que la gente con suerte, o con éxito, lo ponga de manifiesto.

— Si no te digo que no, Cristina. Es que, además, el cabrón, alardeaba por todo delante de los amigos. Se paseaba con las chicas más guapas, disfrutaba de las mejores vacaciones… Muchas veces sin venir a cuento. Por ejemplo, estábamos en la cola de un cine para entrar y se nos acercaba cogido de la mano de la chica más increíble del barrio.

— Tampoco hacía nada malo.

— No te digo que sea algo malo, Cristina. Simplemente que era un cabrón con sus amigos.

— Noto en ti un poco de celos, Antonio.

— Puede ser, pero él no se cansaba de alimentarlos. Ahora vengo a su casa, me dice que tiene que hablar conmigo, que tiene un problema grave que contarme, y en vez de encontrarme con él, me da la bienvenida contigo. Dime qué adjetivo utilizo, Cristina.

— Cabrón, Antonio. Llevas razón.

Y no dejaban de reírse llegada la conversación a tal extremo, a ese momento en el que Carlos había llevado la situación a donde quería llevarla, disfrutando de las palabras de su amigo, de sus miradas cada vez más descara-das, de sus provocaciones incesantes cada vez que le miraba directamente a los ojos mientras hablaban, cada vez que descruzaba las piernas y volvía a cruzarlas sin pudor de enseñar si quiera el color de sus bragas. Era el juego que había previsto, sobre todo ante Antonio, un tipo que siempre se había desvivido por una chica, que sin preguntar siquiera se había lanzado siempre a decirle lo primero que le viniera a la cabeza, a mirarla directamente a la cara, a los pechos, al culo. Antonio, como la mayor parte de los hombres se comportaba así, como también lo había hecho él cuando se comportaba como un hombre.

Llegada la conversación a ese extremo, fue cuando le pidió a Antonio que se levantara del sofá, que se le acercara, y cuando le tuvo a menos de medio metro de distancia, tan próximo que sin duda Antonio se creyera otra cosa, con su rostro nervioso y babeante, como el de cualquier tipo deseoso al ver que una chica guapa se le arrima, tanto que el espacio entre ambos ha dejado de existir, soñando que la tiene en el bote, que la ha conquistado, que terminará sin duda en unos minutos atravesando sus labios, tumbado en el sofá sobre ella, desnudándola sin compasión alguna, le dio un bofetón nada violento, más cariñoso que impetuoso, entrándole aquella risa vehemente que a cualquiera podría entrarle al levantar el velo del misterio, y tras él, descubrir que todo lo anterior no había sido más que una broma pesada, aunque merecida, un acto de diversión a costa de otro, deshonor, oprobio, de esos que es mejor silenciar los días sucesivos ante los propios compañeros del trabajo con tal de no dejar a un amigo en el más absoluto ridículo.

– ¡Qué imbécil eres, Antonio! ¿No te das cuenta?

— ¿Pero quién coño eres, Cristina?

— Cristina… Acerca tus ojos y mírame de cerca, pero no te atrevas a besarme, ni se te ocurra. Escucha mi voz a la vez. ¿No sabes quién soy?

— Cristina, joder. Eso es lo que me has dicho, o es qué no tengo que creerte.

— Soy Carlos, Antonio. Carlos, tu amigo, tu compañero.

— ¡Y un carajo!

— Que sí gilipollas, y te diría mil cosas privadas tuyas para demostrarte que estoy en lo cierto. Si quieres empiezo. Tú mujer, Anabel, 42 años. Dos hijos, de cuatro y dos años. Te casaste en la iglesia del Salvador, y no me invitaste a tu boda, jurándome y perjurándome que no me habías podido localizar a tiempo…

— Para, para… Pero, Cristina o Carlos o quien coño seas, ¿me puedes explicar esta broma?

Yendo a la cocina a por un par de cervezas más, antes de regresar al sofá los dos, uno frente al otro de nuevo, y largarle toda la historia de las últimas cuarenta y ocho horas, incluida la historia del médico. Por eso le había pedido que viniera a su casa antes que ir él a la oficina, por eso llevaba ausente un par de días del trabajo. Necesitaba su ayuda, su consejo, confiaba en él para buscar una salida.

— ¿Y para eso has tenido que montar todo el espectáculo de antes?

— Perdona, Antonio. Ni siquiera lo había pensado, pero te vi tan atento a mi cuerpo, que no me pude resistir. Además, ese teatro me ha servido para romper mi pudor ante una confesión como esta, o te crees que es fácil contarte lo que te he contado. Para nada.

— Estás buenísima.

— Qué maricón que eres, te importaría una mierda ponerle los cuernos a tu mujer con su mejor amigo.

— No me podía imaginar que fueras tú.

— Pero lo hubieras hecho con Cristina sin dudarlo.

— Hijo de puta, ¿y ahora que vas a hacer, Carlos… o te puedo llamar Cristina?

— No seas cabrón, Antonio.

— A ver, viéndote como te estoy viendo, lo de Carlos suena muy extraño.

— También es verdad, no termino de acostumbrarme.

Después hablaron de posibilidades, de futuros, llegando a la conclusión de que lo mejor era esperar unos días. A principios de mes abrían una nueva sucursal en un municipio cercano, allí tendría el puesto de directora, sus empleados serían nuevos, por lo que podría iniciar una nueva vida completamente desvinculada de la pasada. Y respecto a sus antiguos compañeros, tampoco es que hubiera una relación de amistad con ellos, haría circular el bulo de que por motivos personales había solicitado un traslado lejos, sin tener que entrar en demasiadas profundidades. Si alguno se le cruzaba alguna vez, nadie sospecharía de que tras aquel cuerpo de Cristina, pudiera encontrarse Carlos. Impensable completamente.

Después siguieron bebiendo cervezas, pidieron algo de comer *al chino*, abrieron varias botellas de vino, recordaron miles de cosas, hablaron de los miedos de Carlos en adelante, de la nueva vida, de que le depararía a partir de mañana… Un poco de todo, hasta que dadas las tantas, Antonio decidió poner fin a aquella velada. Al día siguiente él sí tenía que trabajar.

— Llámame si necesitas algo.

— No te voy a pedir que me invites a cenar, y dejarte ver por ahí agarrado de mi mano. Pero agradezco tú ofrecimiento.

— Jajaja, no soy tan maricón. Te llamo para que visites la nueva oficina.

— Cuando tú quieras, pero tendrás que acostumbrarte a mi nuevo todo.

– Me va a resultar difícil. Tú perdóname si meto la pata alguna vez.

– También me puede ocurrir a mí.

En el umbral de la puerta, los dos dudaron de la forma de despedida. Un cordial apretón de manos, un abrazo, un par de besos. Se reían por lo cómico de aquel encuentro, de aquel momento tan histriónico. Al final, prevalecieron los besos, de alguna forma tendrían que acostumbrarse a relacionarse de una forma nueva. Carlos cerró la puerta y regresó al salón, donde terminó la media botella de vino que quedaba, recordando los momentos vividos, sonriendo por aquella comedia en la que se había convertido, no su vida, sino la adaptación a la misma.

IV

Se sucedieron los días rehuyendo salir a la calle. Pendiente de alguna novedad del teléfono, de la comida que pedía a domicilio, del acostumbrarse a su nuevo cuerpo, a su nuevo vestuario, pero sin atreverse a dar un paso más allá. Hacía dos semanas de la metamorfosis.

Una tarde se presentó Julia en su casa, sin avisar, dispuesta a rescatarle.

– Vengo a invitarte a cenar.

– Pedimos comida, Julia.

– Para nada. Estoy harta de que te alimentes de esa forma. Tienes que salir. Acostumbrarte a tu nueva vida. Lo que te hacía falta, aparte de este cuerpo maravilloso que dios te ha dado, es que encima se te fuera la cabeza. No estoy dispuesta, aunque sea por tu hija.

– ¿Qué has hecho con ella?

– No te preocupes por Lucía, esta noche está a buen recaudo.

Se fueron al dormitorio y le ayudó a acicalarse, como podrían hacerlo dos amigas preparándose para una noche de juerga.

Después salieron a la calle, cogieron el coche y se fueron a cenar a un restaurante conocido para los dos, en el que habían compartido muchas noches mientras estuvieron casados.

– Carlos, si no te importa dejaré de llamarte así, creo que no es propio.

– Muy propio no lo es que digamos.

– Te llamaré como le dijiste a tu jefe el otro día, si quieres.

– Sabes que es un nombre que siempre me ha gustado.

– Aunque no dudes que llamar Cristina a mi ex marido me resulta un poco extraño.

– Me imagino, Julia.

Cenaron sin prisas. Después ella había ideado ir a tomar unas copas. Sentadas en un taburete junto a la barra fueron vaciando un *gin tonic* tras otro. Hablaron de lo que pueden hablar dos mujeres en circunstancias como aquellas. De ropa, de trabajo, de hombres, de cientos de cosas, llegando a olvidarse por completo de que tras aquellos dos cuerpos había existido una relación heterosexual entre ellos, y que habían tenido una hija en común.

Se les acercó más de uno, pretendiendo no terminar sola su noche, pero a todos se les fue largando de manera poco cortés. Aquella era su noche, la que Julia había elegido para bautizar a Carlos como mujer pública, en el sentido de mujer que sale por primera vez a la calle como tal, no en el otro sentido.

Tomaron demasiado, llegando a recordar cuando se conocieron, en casa de un amigo común una tarde de sábado, el día que comenzaron a salir juntos, el primer beso, todos los que vinieron después, su primer encuentro sexual. Tanta melancolía unida a tanto alcohol, que el acercamiento les resultó casi inevitable, aunque ninguno de los dos intentó controlar sus impulsos en ningún momento. Más de alguno pensaría que eran dos lesbianas sin vergüenza, síntoma evidente de que los tiempos estaban cambiando, afortunadamente.

Aquella noche terminó como era de esperar, según habían ido sucediendo los acontecimientos. Una última copa en casa de Carlos, un primer beso, a los que sucedieron muchos otros, el desnudarse de ambos cuerpos, descubriendo cuánto había cambiado su relación en los últimos tiempos, cuánto había cambiado el cuerpo de su marido, acostumbrada como está a verle penetrándola por todos los orificios de su cuerpos. Ahora, en cambio, aquel tacto sedoso de Carlos, aquel sabor diferente de su piel, aquellos senos duros como una piedra al acercar sus labios, aquellos labios rojos tras los que se escondía una lengua que sí reconocía en su reencuentro. Descubrieron mil posturas desconocidas para ambos, gozaron como no lo habían hecho antes. No es que se volvieran lesbianas de la noche a la mañana, más bien se trataba de un juego en el que cada uno de ellos descubría en el cuerpo del otro el placer de lo prohibido, de lo escondido, el morbo de lo inusual puesto por delante aunque sólo fuera durante una noche. Fatigados del esfuerzo, sí tenían claro algunas cosas.

— Sabes tan bien como yo que esta relación es imposible.

— Soy consciente, Julia.

— Aun así, me lo he pasado maravillosamente bien contigo. Y espero que hayas aprendido que tienes toda una vida por descubrir. Disfrútala, Cristina.

— Gracias, Julia.

Después se despidieron con un beso en los labios en el mismo umbral de la puerta.

Aquella noche Carlos masturbó su cuerpo femenino pensando en Julia, cuando tenía pene y lo hacían juntos en cualquier rincón donde encontraran un poco de intimidad; hace unos minutos cuando la veía a ella entre sus piernas metiendo su lengua en el interior de su vagina. Era la primera vez que lo hacía, y realmente le había gustado descubrir esa nueva forma de goce que le había proporcionado su cuerpo.

V

Y vinieron después las pruebas médicas. Los análisis de sangre, de orina, las angiografías, las artroscopias, los electromiogramas, las tomografías, las urografías, las biopsias, las citologías, los electros, las ecografías, las gammagrafías, las mamografías, las punciones, las resonancias. Lo peor, el mal rato subido al potro, mientras el ginecólogo metía unas pinzas para pellizcar en su interior y extraer unas muestras de tejido. Pero en ningún momento ninguna de las personas que le atendió hizo comentario alguno, aunque, sin duda, supieran el destino de todas aquellas innumerables pruebas a las que fue sometido en días sucesivos. Tampoco a Carlos se le ocurrió decir nada, ni preguntar, demasiado tenía con dejar su cuerpo expuesto a la ciencia, a los experimentos a los que uno tras otro, fue sometido su virginal cuerpo.

Y, por supuesto, llegaron los resultados de todos aquellos ensayos. De nuevo aquella consulta del primer día, el mismo doctor tras su ordenador y un montón de sobres marrones sobre su mesa.

Después de aquel calvario los resultados eran unánimes. Esa metamorfosis no tenía una explicación científica, al menos nadie la había encontrado. Al margen de esta evidencia, su cuerpo se encontraba en perfectas condiciones, ningún síntoma que evidenciara una anomalía o mal funcionamiento. A todas luces, Carlos tenía un cuerpo de mujer y, además, de mujer en edad fértil.

— ¿Quieres decir que me puedo quedar embarazado?

— Diga mejor embarazada, en un hombre es un término que resulta un poco extravagante. Pero sí. A su edad, ya sabe las consecuencias de lo que le estoy diciendo.

— Perfectamente, doctor.

— Y respecto al mantenimiento de la baja laboral, no es problema que se la prolongue unas semanas más, pero espero que haya tomado una decisión.

— No se preocupe, había aplazado mi incorporación al trabajo mientras me sometía a este calvario de toqueteos y manoseos, pero en unos días regreso a la vida normal.

— Yo me alegro. Por cierto, sobre lo que hablamos de pensar en una intervención de cambio de sexo inversa, es decir, regresar a su cuerpo de hombre. No creo que resultase aconsejable, nadie le dará garantía de que quede bien físicamente, además de los problemas psicológicos que podría tener con tantos cambios.

— Creo que me voy acostumbrado poco a poco a este cuerpo.

— Piense una cosa, pocas personas tienen la posibilidad de vivir la misma vida metido en dos cuerpos diferentes, uno masculino y otro femenino.

— Visto así.

— Y no dude en consultarme si necesita algún tipo de ayuda psicológica. Ya se lo he comentado en algunas ocasiones.

— De momento no lo llevo mal.

Despidiéndose hasta la semana siguiente, en la que pasaría por allí para recoger el alta. Con aquella frase que se le había quedado grabada en la cabeza: a todas luces era una mujer, una mujer fértil.

Aquella misma tarde habló con Julia, y convinieron que lo mejor que podía hacer era formalizar todos los cambios legales respecto al nombre. Registro Civil, Documento Nacional de Identidad… todas esas cosas que le supondrían olvidarse por completo de Carlos y adoptar, para siempre, uno nuevo. Sin pensárselo mucho, se inscribió con el nombre que había utilizado la noche que invitó a Antonio a cenar a casa, tampoco le sonaba tan mal, Cristina.

La normalidad se fue haciendo en su vida al incorporarse a su empleo. Aquella nueva oficina que habían abierto hacía unos días. Siguió viendo a Antonio, a Julia, adentrándose en su día a día a pesar de los cambios, perdiendo el miedo a dejarse ver, a pasearse con sus tacones por centros comerciales y bares, incluso el primer día en la oficina, siendo presentada por Antonio a todos sus compañeros, convirtiéndose en ese momento en su nueva jefa, Cristina.

La vida se iba amoldando a las nuevas circunstancias, acomodándose, adaptándose, sin más sobresaltos. Incluso a los hombres que la miraban por la calle, que la piropeaban de vez en cuando. Con el tiempo le llegaba a resultar incluso gratificante, siempre dentro de los límites de la cortesía.

Antonio les había contado a sus compañeros algo sobre su vida. Intentaba con ello, que fueran con Carlos lo más cercanos posible, que le ayudaran a habituarse, que le hicieran el camino más llevadero. Cristina, como les contó, estaba superando un mal momento personal. Había tenido una separación algo traumática, y había decidido cambiar de aires. Por eso había pedido traslado urgente de ciudad, y poder incorporarse cuanto antes para poder ir superando su situación. Era una gran profesional que, con la ayuda de todos, convertiría esta sucursal en un ejemplo para la compañía. Que esperaba de todos ellos su máxima colaboración y comprensión.

A partir de ese momento, la nueva Cristina conducía todas las mañanas unos kilómetros hasta su nuevo despacho. Siempre luciendo sus vestidos y sus tacones, encontrando en sus nuevos compañeros tal vez lo que necesitaba, cercanía. A nadie se le podía pasar por la cabeza el pasado reciente de Carlos, tampoco a él se le ocurrió, en ningún momento, hacer ninguna referencia a ello.

Profesionalmente todo fue como su jefe esperaba de él, pero, además, alguna compañera se prestó en todo momento a hacerle más liviano el tiempo después de la jornada laboral. Hubo salidas a comer, alguna cena. Básicamente eran encuentros con compañeras, a ningún tío se le ocurrió acercársele. Era la jefa a fin de cuentas; para los hombres, eso de seducir a las personas que mandan, impone cierto respeto y mucho reparo.

Se había normalizado tanto la vida de Cristina, que prácticamente se había ido olvidando de su anterior identidad, a no ser de sus encuentros con Julia, con la que no volvió a mantener ningún encuentro íntimo más; a no ser también de sus pensamientos por Lucía, a la que no había vuelto a ver, pero de la que Julia le contaba cómo estaba creciendo, cómo avanzaba en sus estudios, y a la que pronto debería enfrentarse cara a cara.

VI

Prácticamente, hasta el pensamiento de Cristina se fue haciendo femenino. Tanto, que una noche conoció a Jose, al que no intentó rehuir en ningún momento.

Había salido con una compañera a cenar. Después se fueron a un bar a tomar una copa. Era viernes y al día siguiente no había que madrugar. Hablaron de todo, menos de trabajo. Carmen, que así se llamaba, también llevaba un par de años separada, no tenía hijos. Después de romper su matrimonio, regresó al domicilio de sus padres, donde se dedicó, a tiempo parcial, al cuidado de sus mayores que habían sobrepasado ya los ochenta años. Una larga temporada alejada de la calle, del bullicio de los bares, de los encuentros con sus amigas, de cualquier caricia o beso, que apenas recordaba cómo eran. Por eso, la posibilidad de regresar a sus treinta y seis años, y salir del nicho familiar, eran causa de celebración, aunque solamente fuera de vez en cuando, fines de semanas alternos a lo sumo, en compañía de Cristina, que le abrió los ojos a una vida más allá de las obligaciones.

En un momento dado, se les acercó un chico. Él estaba sólo, pero no le importaba compartir, si ellas querían, un rato de conversación con las dos. Una charla que se hizo eterna, más allá de las tres de la madrugada, hora en la que Carmen decidió retirarse, dejando el camino expedito a Cristina por si quería ir más allá del diálogo con Jose. Siguieron hablando de todo, por supuesto.

Jose, de cuarenta y dos años, era escritor. Si bien no demasiado famoso, en el sentido de popular, se ganaba la vida con dicha actividad sin necesidad de buscar otras fuentes de ingreso. Con los derechos de autor de sus novelas, con algunas colaboraciones en medios de comunicación y algunas traducciones que llenaban su tiempo disponible, le bastaba para pagar los gastos de una persona sola. "No es más rico quién más gana, sino quién menos necesita", repitió en más de una ocasión.

Cuando se quedó solo con Cristina, Jose aprovechó para dar un paso adelante, para romper su miedo de arrojarse al vacío y sus consecuencias, porque desde que unas horas antes buscara su espacio entre las dos mujeres, su única intención era quedarse solo con Cristina. Fue cuando le cogió la mano, la dejó quieta sobre la de ella, la miró a los ojos, y le dijo todo cuanto un escritor puede decirle a una mujer guapa. Ella se dejó llevar por el momento, por el alcohol que colapsaba su sangre y enturbiaba su mente, por las palabras de aquel casi desconocido que le estaba abriendo el corazón de repente. En ningún momento pensó en quién era, mucho menos de dónde venía, tampoco tuvo tiempo de imaginarse el enfrentamiento de su cuerpo desnudo junto al de otro hombre. Le dejó hacer, sin cuestionarse que su mentalidad de mujer se encontraba en fase de preparación, dejando de lado aquella masculinidad perdida en una noche cercana. Debía darle una oportunidad a su cuerpo, antes de convertirse en una lesbiana aterrada, antes de cerrar definitivamente la puerta a aquella posibilidad que se le ponía por delante, quién sabe si por última vez. Mañana podría reflexionar desde la claridad de otros pensamientos, pero mientras tanto, fue absorbida por las palabras de Jose, por las historias que le contaba, por el tacto de su mano acariciando la suya. Y siguieron conversando hasta perder por completo la noción del tiempo, del cuerpo que tenía frente a ella, de los ojos que no se separaban ni un instante de los suyos. Sin siquiera venirle a la memoria otros recuerdos pasados, los de las chicas que había enamorado durante su adolescencia, durante su juventud. Eran tiempo distintos. Su vida había cambiado de repente y, simplemente, actuaba en consecuencia.

Nada más salir del local, el frescor de la madrugada les cobijó por igual, también la soledad de las calles recogidas esperando un nuevo amanecer. Fue cuando Jose se le acercó aún más, cuando sintió su cara a escasa distancia de la suya, cuando sintió, por primera vez, los labios de un hombre contra los suyos sin sentir repugnancia, ni aversión. Era extraño el tacto de su lengua contra la de ella, el calor que le subía desde más debajo de su vientre. Sensaciones completamente novedosas que iba sintiendo conforme Jose rebuscaba en los rincones de su cuerpo, escrutando otros espacios más recónditos cuando se refugiaron en el interior del coche, en la habitación de la propia Cristina instantes después. Él la fue desnudando con delicadeza, mientras Cristina permanecía de pie sin hacer nada, sólo contemplando sus manos bajándole el vestido, acariciando sus hombros, su cuello, sus mejillas, dejándola en ropa interior y sobre sus zapatos de tacón alto, sin querer echarle una mano en ningún momento. Después le desabrochó el sujetador, le bajó las medias, acariciando suavemente sus piernas, después las bragas, calzándola de nuevo para dejarla completamente desnuda sobre sus tacones. Ella no quiso decir nada, él, también se mantenía en completo silencio. Sólo el lenguaje de los cuerpos conociéndose. Después, la llenó de besos, siempre ella de pie, la besó en los labios, en el cuello, recorrió con su lengua sus pechos, deteniéndose en sus pezones durante un buen rato, deslizándola por todo su torso mientras la agarraba con fuerza por la espalda, por las nalgas. El tiempo se había detenido por completo, sólo el sonido de sus cuerpos silenciosos, la luz encendida de la lámpara de noche. Su cuerpo después tumbado boca arriba, el de Jose, que se había desnudado junto al de ella. Sus caricias recorriendo toda su piel, sus labios adentrándose entre las piernas de Cristina, mientras sus manos no dejaban de palpar, tentar, tocar los espacios cercanos. Sigilo que fue abriendo paso al lenguaje del placer. Hasta verle incorporarse, con aquella polla enorme completamente erecta, aproximarla y, sin decirle nada, acercarla a su boca. Cristina cerró los ojos, no quería ver ni pensar, sólo seguir inconsciente al tiempo real. Tocarla con sus manos, con la punta de su lengua, hasta atreverse a meterla en su boca hasta donde pudo, sin asco, sin fatiga, sin arrepentimiento de ningún tipo, con aquel movimiento innato causando todo el placer posible en él, de la misma forma que él lo había sentido cuando su cuerpo era masculino, cuando Julia se entretenía con su pene hasta inundar su boca de todo el esperma que guardaba para ella en los momentos especiales. Acarició sus testículos con una mano, para ayudar al movimiento de la verga hacia el interior de su boca. Un rato enorme que terminó en la explosión de todo su semen en su interior, la boca de Jose acercándose a la suya, mezclando todos los sabores posibles de su cuerpo y del cuerpo de Cristina. Sin parar, sin pausa alguna, volviendo a acariciarle hasta ver aquella polla de nuevo en movimiento, buscando el interior de su vagina, dejándola allí dentro durante toda una eternidad, sin reflexiones, sin recuerdos, sin miedos, dejándola hacer sin más, porque era lo que Cristina deseaba en aquel momento, que hicieran con ella cualquier cosa. Su cuerpo había claudicado, sus miedos se habían evaporado.

Despertó bien entrada la tarde del sábado. Allí seguía el cuerpo de Jose junto al suyo.

VII

Allí siguió durante todo aquel fin de semana, durante la semana siguiente, durante los meses que llegaron. Jose y Cristina se habían hechos inseparables, sus espíritus, sus cuerpos.

Ella pasaba la mañana y la tarde en la oficina. Ninguno de sus hábitos había cambiado. Eso sí, su sonrisa no dejaba de fluir aún en los momentos más difíciles. Ni siquiera llegó a pensar en su pasado, a no ser en la única preocupación que le quedaba por afrontar, Lucía. Era padre, eso no podía olvidarlo, ni borrarlo de su memoria. Por lo demás se sentía feliz. Amaba, aunque fuera de otra forma imposible de imaginar.

En casa, Jose hacía lo que tenía que hacer. Y, cuando ambos cuerpos se encontraban por la noche, el volcán volvía a erupcionar.

Un mes, dos meses a lo sumo, guardando aquella relación para sí misma. Sin ocultarla como un secreto, pero sin alardear de ella. Se dejaban ver sin miedo por la calle, pero no era un tema del que Cristina hablara a nadie, aunque muchos, en el trabajo, pudieran sospechar de algo, cuando dejó de salir con Carmen por las noches, o cuando llegadas ciertas horas, siempre manifestaba sus prisas. No por ello dejó de almorzar con sus compañeros, o tomar alguna copa, cada vez más de tarde en tarde.

Durante todo ese intervalo, aunque sin evitarla, tampoco le apetecía frecuentar mucho a Julia. Apenas habían vuelto a verse, aunque sí hablaban con frecuencia por teléfono. De Lucía, de cómo les iba la vida. Un poco de todo. Pero, por supuesto, sin nombrar a Jose.

Pero tuvo que hacerlo un día.

Se sentía bastante mal una mañana. Tanto, que tuvo que llamar a la oficina y decirles que no se encontraba bien. Parecidos síntomas a los de aquella noche lejana en el tiempo. Entonces, le vino a la mente la posibilidad de que su cuerpo mutara ahora al de hombre. Ante tal posibilidad, sintió verdadero pánico. Podría afrontarlo, sin duda. Tal vez, le viniera bien de cara a su relación con su hija, pero sería volver a cambiar su vida, ahora que había cogido un nuevo rumbo: el trabajo, Jose... Pero al levantarse no había rastro de sangre sobre sus piernas. Delante del espejo del cuarto de baño su cara seguía siendo su cara, sus pechos seguían colocados en el mismo sitio. Jose estaba trabajando en su despacho. Le hizo una visita y le dijo que se encontraba mal, que llamaría a la oficina para decirles que no aparecería durante todo el día, que se quedaría en la cama. Pero Jose la llevó al hospital, a Urgencias.

Después de varias pruebas, el resultado de sus malestares era evidente. Cristina estaba embarazada. No tenía la costumbre de sentir la regla, sólo un par de veces en su vida. No la había echado de menos, porque, habitualmente, nunca había convivido directamente con ella. Pero sí, ese era su estado.

Jose la abrazó ante la noticia, la besó mil veces... Pero el gesto de Cristina no evidenciaba ningún tipo de alegría. Convertirse en mujer tiene un pase, acostarse con hombres en vez de mujeres también, pero quedarse ahora embarazada era llevar la broma a un extremo demasiado alejado de sus pretensiones. Aun así, tuvo que guardar su reacción, no podía confesarle nada a Jose. Intentó guardar para sí misma su pesadumbre, y pensar en cómo poder afrontar su estado ante Julia, ante Lucía también.

Quedaron dos días más tarde para almorzar, y estaba claro que Julia no se lo podía tomar demasiado bien.

— ¿Seis meses con cuerpo de mujer, y ya te has quedado embarazado? Eres un inconsciente, Carlos.

Para Julia, Carlos siempre sería Carlos, el hombre del que un día se enamoró perdidamente, por muchas tetas que pudiera tener ahora, por mucho embarazo que llevara en su vientre. Nunca se acostumbraría a llamarla por su actual nombre, era Carlos, era él, su ex marido, un insensato.

— Llevo un par de meses viviendo con un chico, Julia.

— No me parece mal que vivas con nadie, hijo, pero de ahí a lo otro…

— Perdóname, sabía que reaccionarías mal.

— ¿Cómo coño quieres que reaccione, Carlos? Llevo seis meses ocultándole a nuestra hija tu estado, mintiéndole, diciéndole que estás de viaje, pero que volverás pronto. Incluso quería inventarme que te habías muerto.

— ¿Cómo?

— Sí, joder. Te morías. Lucía perdía su padre, pero tú serías como una tía o yo que sé. ¡Me vas a volver loca!

— Lo siento, Julia. No quiero que le mientas por mi culpa.

— Perdóname tú, tampoco tenía que ponerme así.

— Había pensado incluso en abortar.

— Eso lo tendrás que decidir tú y tú pareja, Carlos.

— Lo sé. Él está muy ilusionado con la posibilidad de tener un hijo en común. Es buen tipo. Ahora que lo sabes todo, no puedo seguir guardándote el secreto.

— ¡Qué hijo de puta eres, Carlos!

– Lo siento.

– Has confiado tantas cosas en mí, y me ocultas…

– Por miedo, Julia. Sabía que reaccionarias mal.

– ¿Cómo quieres que reaccione?

Pero el embarazo siguió, al igual que la relación con Jose, al igual que su trabajo en la oficina. Todo volvió a aquella normalidad dentro de lo que se puede considerar normal en una historia de estas características.

Ante los cambios que se le venían por delante, decidieron que era el momento de que volviera a ver a su hija, antes de que el embarazo se hiciera del todo visible.

VIII

Era un día especial, temido y ansiado desde aquella noche de hacía ahora seis meses. Sabía que Julia le había ayudado para ese momento, que sin duda había hablado con ella, que le había aleccionado sobre lo que se iba a encontrar cuando viera a su padre. Había quedado en casa de Julia, un poco al respaldo de cualquier reacción incontrolada de la niña. Él se había vestido discreto, tampoco era cuestión de escandalizar a nadie, menos a su hija, que había cumplido ya los once años.

Cada vez que se ponía en el lugar de Julia, le entraba el mismo pánico pero, desde hacía unos días, que había recibido los resultados del ginecólogo, mucho más.

Cómo contarle que iba a tener un hermano o una hermana, del que su padre sería la madre. Realmente complicado. Pero así era.

Todos los días tenía que atravesar la ciudad en busca de la carretera que me conducía a Sevilla. Siempre a la misma hora.

La primera vez no me llamó la atención, ni siquiera la segunda, ni la tercera…

Pero las veces sucesivas comencé a fijarme: una chica de no más de veinte o veintidós años, sentada sobre una silla de playa, con las piernas cruzadas, leyendo un libro bajo el único árbol de aquel descampado desierto junto al parque industrial.

Era una estampa que me sorprendía. Llegué a pensar en muchas posibilidades.

Si era una persona abandonada y no reclamada por nadie.

Si era una persona esperando a alguien sin que nadie terminara de aparecer.

Si vivía simplemente debajo de aquel árbol porque le cobijaba de un sol apabullante en aquellos meses de julio y agosto del Sur.

Si era su asilo de paz, adonde iba todas las tardes a la misma hora en busca de su espacio de tranquilidad para la lectura.

Descarté rápidamente que fuera una prostituta buscando en la periferia y en las proximidades de las fábricas su clientela, no me daba el perfil, ni por su indumentaria ni por su actividad intelectual.

Volví a horas diferentes, pero sin llegar a descubrir si realmente estaba o no. La noche lo convertía todo en negro. En otros momentos del día me era imposible, tenía otra vida más allá de aquella extraña aparición.

No me quedó más remedio que detener un día mi coche a la hora habitual, acercarme a ella: una belleza inhóspita, sin duda alterada por mi presencia.

Sólo le pregunté qué hacía allí todos los días: "Vivir, ¿te parece poco?", me contestó.

LUCÍA

Lucía apenas tendría tres meses. Posiblemente se pondría de pie y treparía por los barrotes hasta caer al vacío que separaba su cuna de la cama de matrimonio. Sus berridos alertaron a la madre que, arrodillada, intentaba tirar de la niña que en su caída había rodado hasta debajo del lecho. Al principio lloraba, poco a poco dejó de hacerlo, oponiendo cada vez más resistencia a los intentos por recuperarla. Hoy ha cumplido quince años. Aún sigue ahí.

Como de costumbre, Carlos llegaba a casa a eso de las diez de la noche.

Tras aparcar el vehículo, encendió un último cigarrillo antes de entrar, rememorando los acontecimientos de una larga jornada y deseoso de abrazar a su mujer, a sus dos hijas.

Al llegar a la puerta se encontró con una patrulla de la policía y dos agentes.

El corazón le dio un vuelco. Algo había pasado –pensó–.

Cuando hizo el intento de meter la llave en la cerradura, uno de los agentes le preguntó por su nombre.

Claro que era él.

– Debe acompañarnos.

– ¿Ha ocurrido algo?

– Lo siento, no podemos decirle nada de momento, sólo que debe venir con nosotros.

Lo introdujeron en el coche. Todo un trayecto que se le hizo interminable hasta la comisaría. En silencio. Escuchando a través de la emisora las incidencias que se producían en las calles de cualquier ciudad grande.

Al llegar le despojaron amablemente de todos sus objetos personales: la cartera, el móvil, las llaves, monedas sueltas… hasta las gafas, que siempre llevaba guardadas en el bolsillo interior de su chaqueta desde hacía más de quince años, cuando su vista había perdido la agudeza de la juventud.

Después le metieron en un calabozo sombrío. Una mesa, un par de sillas, una litera de dos camas, un váter en un rincón; además del olor a humedad que inundaba la estancia de escasos metros cuadrados.

Debió de pasar una estancia eterna, al menos por las veces que le acercaban un triste plato con algo de comida, sin más compañía que un borracho que trajeron durante la primera noche y que sin casi decir palabra se quedó dormido en la cama de abajo.

Fueron dos noches de silencio, salvo el griterío que a veces le llegaba desde otras estancias cercanas, salvo el viento que golpeaba el cristal de aquella minúscula ventana que le servía para distinguir el día de la noche, salvo los pensamientos que a duras penas intentaba poner en orden en el interior de su cabeza: qué estaba haciendo allí, por qué le habrían denunciado, dónde estaba su mujer, hasta cuándo una explicación aunque no fuera razonable. Un algo.

Un algo que se hizo esperar el tiempo legalmente establecido. Un agente que le abre la celda, que le invita a acompañarle hasta un despacho en el que le devuelven una a una todas sus pertenencias. Sólo frases lejanas que no conducen a aclararle nada:

— Puede marcharse.

— Debe estar siempre localizado por si le necesitamos.

Para volver a la fría calle de principios de invierno. A un taxi que le devuelva a su casa días después. Al abrazo que no pudo darle a su mujer, a sus hijas, hace unas noches.

Una vez dentro, sólo el silencio de un hogar desvencijado.

Sólo unas fotos recortadas sobre la mesa del salón, una hoja escrita a mano, unas pocas palabras de despedida: *lo siento, Carlos, hasta siempre.*

IMAGINACIÓN

Un día cerró los ojos a la realidad.

La cámara fija en un primer plano de Carlos, alejándose después en un zoom progresivo que le contemplaba sentado en una de esas terrazas que poblaban las ciudades a partir de la primavera, sobre todo aquellas situadas más al sur en el mapa, lo mismo da que fuera en Sevilla, en Jerez de la Frontera, en Huelva, en Cádiz, en Málaga…

Carlos no estaba solo aquella noche. Porque era de noche en aquella plaza, no porque hubiera cerrado los ojos, sino porque la luna husmeaba en todo lo alto, los bares tenían encendidas sus iluminaciones, las modernas farolas del alumbrado público también contribuían a la claridad a pesar de la hora, la indumentaria de las personas que ocupaban la terraza era más propia para la oscuridad, predominaba el negro en las mujeres, los tonos más claros en los hombres. Deberían ser aproximadamente las diez.

El objetivo se mantiene a una distancia prudente, para no perder detalle, para no molestar tampoco. En ese no dejarse nada importante de lado, descubre que Carlos no se encuentra solo. A su lado hay una mujer con la que habla. El tema de la conversación no importa, pero sí parece amena, enfrentada sin ningún tipo de ofuscación. Sobre la mesa, la mano izquierda de él agarrando con suavidad la derecha de ella.

Él está de espaldas, ella de lado, con un vestido a medio muslo mostrando unas hermosas piernas, con unos bonitos zapatos de tacón alto. No dejan de mirarse fijamente en su conversación, también cuando silencian sus voces, sin dejar de sobarse las manos, siempre con parsimonia y dulzura, utilizando un segundo lenguaje además de sus voces que no escuchamos, tampoco importa.

Comparten una botella de vino tinto.

Podrían ser una pareja de novios, de marido y mujer, de amantes, de amigos que han descubierto un sentimiento más profundo que la amistad, o bien acaban de conocerse y están intimando para relacionarse mejor. Tampoco importa.

El tiempo pasa, porque lo hace inexorablemente para todos. Porque las copas se van vaciando y volviendo a llenar. Porque siguen en su diálogo mudo y en sus roces continuos. El tiempo que haga falta. No tienen prisa. Han cerrado los ojos a la realidad. En los ensueños no existen los relojes, ni las obligaciones, ni las responsabilidades, ni los deberes. Sólo disfrutar de esa fantasía que comparten.

Puede que ayer, antes de cerrar los ojos, su existencia fuera completamente diferente. Tendría un trabajo al que dedicar muchas horas. Se le acumularían las facturas que pagar todos los meses. Compartiría la cena de todas noches con una mujer con la que se han agotado las palabras. Se quedaría dormido en el sofá después de soñar con una realidad diferente delante de sucesivos programas en la televisión a los que no prestaba demasiada atención. O puede que fuera diferente. La cámara no la capta, pero no hay que ser muy inteligentes para poder imaginarla. La de ella no será mucho mejor, aunque no podamos aprehenderla. Un hijo que ha crecido y ya no depende tanto de ella como hace unos años. Un empleo que no entró en sus planes cuando estudiaba con ahínco en la universidad. Un marido al que cada vez le une menos. También existe la posibilidad de que sea distinto. Son posibilidades a las que no debemos cerrarnos, están lejos del alcance de nuestro objetivo, se limita a sus interioridades, a sus propias vidas ajenas a la nuestra, a la de los espectadores que contemplan desde sus butacas aquella escena.

Pero lo que parece innegable es que nuestros personajes han sellado sus sentidos a la costumbre, a la cotidianeidad; conversan sobre otras cosas, puede que humanas, divinas. Y si Carlos fuera pintor y la estuviera imaginando desnuda delante de ella como modelo. Y si fuese músico y le sirviera de inspiración para su siguiente composición. Y si fuera escritor y la convirtiera en la protagonista de sus relatos. Y si no fuera más que un conductor de camiones y la estuviera convenciendo a ella para que le acompañara a su lado a lo largo de todo el mundo. Qué más da lo que fuera, lo importante es lo que son, lo que serán mañana cuando puedan abrir los ojos y recuerden la noche anterior.

Aquélla en la que la cámara les vio levantarse después de haber vaciado algunas botellas de vino tinto, alejarse con parsimonia agarrados de la mano mientras acercaban sus labios en un intenso beso, perderse del objetivo en busca de unas horas, de una noche, de unos días, de unos meses, de unos años, de una eternidad de intimidad. Ya no importa verles, sólo imaginarles en la soledad de una habitación de hotel, desnudando sus cuerpos mutua-mente, acercando sus pieles en un abrazo que nos pone los vellos de punta, no sólo por el deseo que desprenden sus cuerpos ávidos de pasión, también la envidia que nos corroe cuando les vemos desconectar de su cotidianidad, lanzándose a realidades con las que todos fantaseamos alguna que otra vez sin confesarlo en voz alta. Lo que vino después se quedó en la intimidad de aquella habitación anónima.

A la mañana siguiente, cuando Carlos se despierte alterado y descubra que ella no está a su lado, segura-mente descolgará el teléfono, oirá su voz, quedará con ella en una de esas terrazas de la noche anterior, la verá sentada a su lado, su realidad habrá cambiado por completo. La imaginación se habrá convertido en certeza. Su mundo, mejor que el que había fantaseado.

Era más temprano de lo habitual.

Aun así, debía de estar amaneciendo, por la tenue luz que penetraba a través del resquicio que dejaba la persiana bajada, aunque no del todo.

Dejó a Lucía durmiendo sobre su lado de la cama y se levantó, intentando hacer el menor ruido posible al cerrar la puerta del dormitorio.

Se fue directamente a su cuarto de trabajo, aquel espacio que siempre visitaba a aquellas horas tan madrugadoras cuando se desvelaba del sueño; aquel espacio de unos diez metros cuadrados invadido por una mesa amplia con su ordenador y múltiples carpetas de hojas ordenadas con anotaciones, apuntes, dibujos y textos; un sofá de dos metros de largo, tapizado en distintas tonalidades de rojo, una pequeña estantería con todas las obras de sus tres autores de cabecera –Murakami, Auster y Nothomb–, una silla y dos lámparas, una de techo y otra de pie junto al sofá. Junto al ordenador, la abertura de una ventana lindante con las viviendas de otros propietarios.

Cerró la puerta cuidadosamente y encendió el ordenador. Reinaba un silencio absoluto, sólo quebrado por el gorjeo de algunos pájaros con sus canturreos de buenos días.

Ni siquiera encendió la luz, ni levantó la persiana, iluminándose con la única claridad que le devolvía la pantalla de la computadora. Buscó el archivo en el que había comenzado a trabajar la tarde anterior, releyó las escasas líneas que había redactado y siguió el hilo de su argumento:

DESTINO

Cuando se encaminaba a casa, no podía imaginar lo que le esperaba en las próximas horas.

Había borrado el sabor de los besos de la otra persona con unas copa de vino en el Tabanco Plateros, pero sin superar la frontera que separa la inconsciencia del disimulo.

Atravesando la Calle Consistorio llegó hasta el parking de la Plaza del Arenal para recoger su coche. Diez minutos de conducción hasta llegar a su barriada. Debían de ser sobre las nueve de la noche, la hora habitual de llegada a casa, a la que regresaba también Lucía, su mujer, del gimnasio; a la que se sentaban en torno a la mesa para compartir unas latas de cerveza, una cena que ella preparaba con esmero, unas conversaciones sobre la rutina diaria de cada uno en sus trabajos.

Desde la calle se veía la luz encendida de la habitación, con la persiana medio bajada. Allí estaba la mujer con la que se había casado seis años antes, de la que se había enamorado profundamente una noche de soledad que compartieron en un bar de copas, a la que tanto le debía por su entrega incondicional. Sí, a pesar de la otra persona. Son situaciones que los demás no llegamos a comprender, aunque él pudiera hacerlo con toda la naturalidad del mundo, eso de compartir sus sentimientos, eso de la doble vida que mantenía, que por supuesto ocultaba, desde hacía unos cuatro años.

Abrió la cancela que conducía a un pequeño patio exterior de la vivienda, un reducido espacio que en aquella época del año rebosaba del colorido de unos arriates repletos de flores de todo tipo (jazmines, geranios, rosas, azaleas, belladonas, claveles). Encendió un último cigarrillo, no sabemos si para ocultar el sabor del vino, o simplemente por la costumbre de utilizar aquel lugar como su zona privada de fumadores desde que Lucía le prohibiera hacerlo dentro de la casa, hace ahora tres años. O ambas cosas a la vez.

De lo que no se percató durante ese lapsus de tiempo que le duró el cigarrillo, era de una maleta situada delante de la puerta que separaba aquel patio del interior. Cuando la vio, claro que le llamó la atención aquel objeto allí situado. La miró sin más, sin llegar a preguntarse nada, mientras intentaba hacer girar la llave en el interior de la cerradura sin conseguirlo. Lucía debió de haber dejado puesta su llave por dentro, de forma que resultaba imposible hacer funcionar el mecanismo desde fuera. No le quedó más remedio que llamar al timbre. Varias veces. Hasta sentir el ruido metálico de una llave girando desde el otro lado, también el de una puerta abriéndose poco más de un palmo, espacio suficiente a través del cual pudo asomarse la mirada de Lucía, un semblante entre la tristeza y el malhumor, con signos evidentes de haber llorado no hacía mucho tiempo, pero con una voz lo suficientemente firme y serena para poder decirle lo que le tenía que decir:

— Carlos, lo sé todo. En la maleta tienes tus cosas. Ahora vete, y por favor, no vuelvas por aquí más. Ni siquiera se te ocurra llamarme…

— Pero, Lucía…

— Por favor, Carlos, no me lo hagas más difícil.

Para verla cerrar nuevamente la puerta, echar la llave, dejándole allí sin palabras que decir, sin pensamientos que traer a su mente. Como si todo aquello le pareciera claro, evidente, hasta lógico. No era más que la consecuencia de su relación con Antonio, aquel chico al que conoció una tarde hacía cuatro años en cualquier sitio, y que desde entonces le daba aquello que Lucía no podía aportarle. Era evidente.

Tan perplejo se quedó, que ni siquiera llegó a preguntarse cómo se había enterado de su relación con Antonio. Lo mismo daba. Estaba claro que era un riesgo que asumía, una consecuencia que podía traerle su comportamiento, aunque nunca llegara a pensar que el momento podía llegar. Llegó aquella tarde. Sólo le quedaba ahora asumir la culpa, también la condena. Coger aquella maleta que con tanta dedicación le había preparado Lucía y regresar al coche.

Una vez allí, llamó por teléfono a Antonio para contárselo todo, también buscando un poco de consuelo en aquel momento complicado, también un cobijo al menos para aquella primera noche a la intemperie. Pero Antonio reaccionó de una manera que Carlos tampoco logró entender:

63

– Lo siento, Carlos. Sabes que esto podía pasar en cualquier momento.

– Podría quedarme en tu casa al menos esta noche, Antonio.

– Ni se te ocurra aparecer por aquí. Sabes que tampoco vivo solo. Si quieres, podemos hablar mañana.

– Y qué puedo hacer esta noche, Antonio. Además, no entiendes que me puedo encontrar mal, que te necesito, coño.

– Me lo puedo imaginar, pero no puedo hacer nada por ti... Llama a tus padres, a lo mejor ellos pueden entenderte.

– Joder, Antonio.

– Lo siento, Carlos.

Para colgarle definitivamente el teléfono, para hacerle sentir doblemente abandonado en cuestión de cinco minutos. Él, que tan feliz se sentía durante todo este tiempo atrás.

Al rato escuchó un ruido procedente del otro lado de la puerta, pero no le prestó demasiada importancia. Posiblemente, Lucía acabaría de levantarse, entraría en el cuarto de baño, después, al ver que se había levantado, entraría en el despacho para darle el beso de los buenos días, o bien, bajaría a la cocina a preparar el desayuno, llamándole cuando estuviese preparado, para compartir ese primer instante de la mañana, como lo hacían habitualmente.

Pero había pasado un lapso de tiempo importante sin que ella entrara a saludarle, sin que escuchara su voz pidiéndole que bajara porque el café había subido ya. Claro que le extrañaba un poco aquel comportamiento tan silente de Lucía, pero a cualquiera puede sucederle en un momento determinado. Lo cierto fue que cuando encendió el ordenador, el reloj de la pantalla le indicó que eran las 7:30; que cuando escuchó el sonido de Lucía al abrir y cerrar la puerta del dormitorio, le indicaba que eran las 9:00; que ahora marcaba las 11:30. Demasiada espera. La primera vez que Lucía no daba señales de vida durante tanto tiempo, además siendo sábado.

Tuvo un pensamiento repentino. Se sobresaltó y se levantó súbitamente saliendo de la habitación para dirigirse a la planta inferior de la casa. Pensó que algo le tenía que haber pasado, ella, sola, allá abajo, sin que nadie acudiese en su socorro, puede que ya no tuviese remedio. Pero la casa estaba completamente en silencio, la cocina recogida. De regreso al dormitorio, la cama hecha. Sin noticias de Lucía.

Fue cuando se le ocurrió enviarle un mensaje a través del móvil: *¿Dónde estás?, me ha extrañado que te hayas ido de casa sin decirme nada.* Sin respuesta, aunque llegaran a pasar algunos minutos, muchos minutos, incluso algunas horas. También le hizo varias llamadas, pero más de lo mismo. Sin respuesta. Intentó buscar algunas explicaciones a aquel comportamiento, aunque sólo fuese para intentar calmarse. Se había levantado con una idea fija y se fue corriendo sin acordarse de decirle nada, ignoraba que él pudiese encontrarse trabajando en el ordenador, si no hay nadie en la casa de quién tendría que despedirse.

Con aquellas ideas razonables intentó serenarse con "*Destino*":

Así que llamó a sus padres. El fijo no le respondía. Volvió a intentarlo esta vez al móvil, escuchando la voz lejana de aquella señora de 65 años recién jubilada, pero tan pletórica de la vida como si fuese una mujer cuarenta años más joven.

— ¿Mamá?

— Ay, hijo, eres tú. Dime.

— Me gustaría hablar con vosotros. Tengo un problema.

— Cuéntame. Qué te ocurre.

— Mamá, es algo que no se puede contar por teléfono. ¿Puedo ir a vuestra casa?

— Ay, lo siento. Pero tu padre y yo estamos de viaje en Mallorca. No sé si te dije que nos íbamos ocho días con el Imserso.

— No me acuerdo, mamá.

– *Pues aquí estamos, estupendamente. Hoy nos han llevado a ver Ibiza, qué espectáculo, Carlos. Ahora nos están dando la cena, y después a bailar. Qué alegría esto de poder jubilarse, de poder disfrutar los días que nos quedan, mientras nos deje la salud. Pero cuéntame, hijo. Dime lo que te pasa.*

– *Nada. Déjalo, mamá. Hablamos a la vuelta. Pasadlo bien, y dale un beso a papá de mi parte.*

– *No me dejes preocupada, Carlos.*

– *Que no, mamá. No es nada importante. Estoy bien.*

– *Como tú quieras. Cuídate, hijo.*

Volviendo al silencio del interior del coche. Al no querer pensar, a pesar de ser consciente de que tenía que buscar una solución inmediata. Al menos para aquella noche. Mañana ya vería.

Pensó en lo de un hotel, pero no le convencía demasiado la solución. Le parecía de lo más triste del mundo pasar precisamente aquella noche, tumbado en una cama desierta, dándole vueltas y más vueltas a la cabeza. Fue esa sensación de amargura, de tristeza a los hoteles no compartidos, lo que le empujaba a descartar esa idea, al menos de momento. Si no encontraba otra solución… ya vería.

Llamó con insistencia a Lucía. No quería perderla de aquella forma, sentía que le debía, al menos, una explicación, implorarle perdón… Pero Lucía no le cogía el teléfono. Sabía que seguía en casa, la luz del dormitorio continuaba encendida.

Después llamó a varias personas que consideraba amigas, pero todas tenían una excusa que ofrecerle. Por último se acordó de su amigo Leo, marcando su número.

– *¿Leo?*

– *Hostias, Carlos. Qué de tiempo que no sé nada de ti, cabrón.*

– *Sí que hace tiempo.*

– *Qué te pasa, porque tú siempre me llamas cuando te ocurre algo.*

– *Perdóname, pero llevas razón. Esta vez te lo diré claro. Lucía acaba de echarme de casa. Necesito contártelo, Leo. Alguien que me escuche, con el que poder desahogarme. Si quieres, después me partes la cara por gilipollas.*

— *Te la tenía que haber partido hace tiempo… Habrá que ver en qué lío te has metido ahora para que tu mujer te eche de casa.*

— *Si quieres, te cuento.*

— *No, déjalo. Vente para casa y hablamos. No hay ningún problema para que te quedes esta noche, o las que hagan falta. No creo que le importe a Nieves. ¿Te acuerdas dónde vivo?*

— *Si no has cambiado de domicilio, claro.*

— *No, es el mismo.*

— *El tiempo de llegar, tú sabes, una hora más o menos.*

— *Aquí estaremos.*

— *Gracias, Leo.*

— *De nada, mamón.*

Y hacer un último intento de hablar con Lucía, sin éxito. Sin ganas tampoco de montar un escándalo a aquellas horas, golpeando la puerta hasta que ella accediera a escuchar mis explicaciones. Si lo sabe todo, lo cual es evidente, o al menos lo parece, ya debe ser duro enfrentarse a la historia de un marido que lleva cuatro años engañándola, con lo enamorada que ha estado de él siempre, con la de cosas que ha hecho por él en todos estos años… y, encima, con un tío, hijo de puta, cabrón, maricón de mierda…

Pero Lucía no apareció a la hora de la comida, tampoco durante la tarde. Alguna explicación debía de tener, no tenía que ponerse siempre en lo peor. Le reenvió el mismo mensaje, le volvió a hacer algunas llamadas al móvil. Sin respuesta. Seguramente Lucía volvería pronto, sería el momento en el que ella le explicara por qué salió repentinamente de casa, sin buenos días, sin beso, sin compartir el desayuno, sin despedidas; por qué no llegó a contestar su único mensaje repetido en varios momentos del día, a devolverle la llamada en cualquier momento. Tampoco era la primera vez que Lucía se olvidaba de sus mensajes, de sus llamadas. Siempre había sido así de despistada, o lo hacía en el momento preciso, o se le iba el santo al cielo y lo relegaba por completo al olvido.

Bajó y se preparó algo de comer. A través de la ventana de la casa vio como el coche de ella no estaba. Era lo más plausible, si Lucía se había ido, se había tenido que llevar el coche. Ella no hacía nada sin su coche, y menos andar.

Subió de nuevo a la habitación y se tumbó en el sofá un rato. Echó mano al libro que tenía entre manos y leyó:

"Por encima del portal, balcones y ventanas. Los del primero cerrados a cal y canto. Los del segundo, también. Uno, dos, tres, cuatro balcones. A través de las cristaleras de una de las ventanas del tercero, una mano que descorre las cortinas, imagino que para hacer entrar un poco de luz en las habitaciones, o simplemente, continúo imaginando, para hacer más respirable el ambiente interior. No por mucha imaginación, sí es visible una cabeza que se mueve de un lado a otro: aireando, descorriendo, viendo, comprobando, cotilleando... ¡Quién sabe! Unos metros más arriba, en el cuarto, la cabeza de una mujer asomada por uno de los huecos abiertos en la pared, mirando primero hacia abajo, después perdiendo la mirada en el infinito, encendiendo un cigarrillo, arrojando la ceniza al vacío y desapareciendo de repente. ¿Qué podría estar pensando aquella pobre mujer? Especulemos un poco:... (1)

Pero se quedó completamente dormido.

Es imposible saber cuánto tiempo pasó ausente, sólo que se despertó de repente al escuchar ruido al otro lado de la puerta. Era la voz de Lucía, pero no se encontraba sola. Se oían risas, frases del todo inaudibles, pero era el timbre de ella, acompañado del de un hombre. Sin abrir la puerta del estudio intentó aguzar el oído, pero sin llegar a escuchar nada, más allá de simples murmullos.

Pasos subiendo la escalera, el golpear de una puerta al cerrarse. Después, silencio. Dudó si salir para comprobar qué pasaba, o simplemente no hacer nada y quedarse a la espera de cualquier otro acontecimiento, sin saber a ciencia cierta qué podría ser aquel otro acontecimiento. También intentó calmar su ansiedad buscando repuestas mentalmente mientras volvía de nuevo a su texto:

Así que desistió de la idea, arrancó el coche y buscó la salida de Jerez hacia la AP-4 en dirección a Sevilla. La noche se había hecho oscura del todo, la autopista estaba prácticamente solitaria, sobre todo en el sentido a Sevilla. El indicador de velocidad le marcaba 150 km/h. A estas alturas le daba igual todo, las circunstancias le empujaban a la inconsciencia más absoluta, a un vacío difícil de llenar. Lucía, aquella relación de seis años, los maravillosos momentos vividos con ella, o el cómo lo estaría pasando en estos momentos, sola, tumbada sobra la amplia cama semivacía, llorando completamente desconsolada, preguntándose una y mil veces el por qué le había hecho esto. Pero también el vacío que le había provocado la conversación con Antonio, sobre todo, después del maravilloso momento que pasaron juntos esta misma tarde, abrazado a su cuerpo desnudo, besando sus labios carnosos, sintiendo su pene entrando en el interior de su cuerpo… No llegaba a comprenderle, sinceramente. Como si toda su relación hubiera resultado un juego mientras no hubiera riesgos, pero ahora… Quién sabe lo que se le ha podido pasar por su cabeza: que también tenía una mujer, tres hijos con los que ejercía de padre… Tal vez… Pero también estaban aquellos presuntos amigos a los que telefoneó buscando al menos una palmadita de consuelo… Todas aquellas imágenes le venían reiterativamente a su pensamiento, provocándole esa sensación humana de desolación, de soledad, de angustia, de desamparo, de tristeza, de dolor, de pesar…

Aminorando la velocidad para atravesar el peaje a la altura de Las Cabezas de San Juan, retomando el impulso para llegar cuanto antes a Sevilla, derramando cientos de lágrimas que humedecían sus mejillas, siempre en el silencio más absoluto, sin buscar siquiera la compañía de la música, que tantas veces le acompañaba en sus muchos kilómetros de carretera en aquel mismo coche.

Antes de llegar a Los Palacios, el vehículo fue perdiendo velocidad, buscando el arcén hasta detenerse por completo. Ya era lo que le faltaba al día, pensó. Pero tenía que seguir tomando decisiones, buscando soluciones para superar las trabas que le estaba poniendo por delante el dichoso destino. 23 de junio, noche de San Juan. Al menos, alguien le estaba esperando unos kilómetros más adelante. Debía aferrarse a alguna esperanza, buscar algún consuelo. Mandó un mensaje al móvil de Leo, diciéndole que llegaría un poco más tarde, que había tenido una avería en el coche y estaba esperando a la grúa, pero que llegaría. También llamó al servicio de asistencia en carretera de la compañía aseguradora, la grúa tardaría una media hora en llegar. También a Lucía, por si acaso el silencio de la noche le había hecho recapacitar algo.

Todo lo demás era el mutismo del verde agreste del día convertido en una negritud excesiva para una noche como aquella, de luz, de estrellas, de sonidos, de ilusiones, de sueños, de fantasías, de imágenes, de visiones, de aspiraciones, de recuerdos de su infancia celebrando en Cataluña las verbenas de San Juan... Tal vez era su propia oscuridad la que no le dejaba ver aquellas miles de estrellas inundando el cielo, con la luna acompañándolas. Sólo el parpadeo de las luces de emergencia, el resplandor de un cigarrillo tras otro que iba consumiendo, los faros deslumbrantes de los escasos vehículos que circulaban a alta velocidad.

Todo igual en un intervalo de tiempo que transcurría con parsimonia... Hasta que el faro del coche se fue haciendo cada vez más cercano, tanto que llegó a estacionar detrás del suyo. Mientras se acercaba para comprobar quién podía acudir en su auxilio, vio descender del mismo a una mujer joven, guapa, ataviada con un vestido claro de tirantas, con unos zapatos de tacón en la misma tonalidad o parecida. Pensó que era un ángel, o una mujer demasiado piadosa para que con ese aspecto pudiera detenerse a socorrer a una persona en la autopista a aquellas horas.

— Buenas noches.

— Buenas noches.

— ¿Podría ayudarte en algo?

— Muchas gracias por detenerte. Acabo de avisar a la grúa. El coche se ha parado de repente y no hay forma de hacerlo arrancar.

— Cosas que pasan.

– *Además un día como hoy, en el que no tenía que haberme levantado.*

– *No digas eso, las cosas nunca pasan porque sí. Ven conmigo.*

– *Muchas gracias, pero mejor esperar a la grúa, no creo que tarde mucho.*

– *Anda, ven conmigo —mientras le cogía de la mano y le invitaba a abrir la puerta delantera derecha del coche—. Aquí no tenemos nada que hacer.*

– *Bueno mujer, ya te he dicho que la grúa debe venir pronto.*

– *No te preocupes por eso, ya vendrá y se llevará el coche.*

– *Déjame al menos que coja los papeles del coche y la cartera, los he dejado dentro.*

– *Conmigo no vas a necesitar nada, así que no te preocupes.*

Una vez dentro del coche de ella, arranco y empezó a coger velocidad, dejando atrás el vehículo averiado de Carlos en el arcén con el parpadeo de las luces de emergencia.

– *¿Dónde vamos?*

– *No seas tan curioso, ya verás.*

Cuando dos, tres, cuatro minutos después, mientras el indicador marcaba una velocidad de 180 km/h, el coche se salía de la carretera, golpeaba con violencia el quitamiedos hasta romperlo, y se estrellaba contra uno de los árboles que custodiaban aquella recta.

Sólo una humareda tibia, el estampido de un claxon rompiendo el silencio de aquella noche estrellada y luminosa.

Un par de horas después los bomberos consiguieron sacar del coche, entre el amasijo de hierros, el cuerpo sin vida de Carlos. Sorprendentemente, él estaba sentado en el lado derecho. En el izquierdo no había nadie. Como si el coche no llevara conductor, como si se hubiera evaporado por el fuerte golpe, como si hubiera sobrevivido milagrosamente y le hubiera dado tiempo y salud para huir del lugar del siniestro, como...

Son cosas del destino a las que no siempre tenemos que buscarle una explicación, porque, simplemente, no la tienen.

Cuando se dio cuenta de la hora que era, el reloj de la pantalla indicaba las 23:20. Cuando clicó con el ratón sobre el reloj, también se dio cuenta del día que era: 20/01/2014.

No podía ser, era del todo imposible, absurdo, inverosímil.

Cuando se había levantado aquella misma mañana, el reloj marcaba las 7:30, pero si de algo estaba convencido era de la fecha en que se encontraba viviendo: 18/01/2012. Es decir, ¿llevaba dos años encerrado en aquella habitación? ¿Había tenido un sueño de dos años de duración? No podía ser, se hubiera dado cuenta, su cuerpo le hubiera pedido alimento, algún líquido, cualquier otra necesidad fisiológica, los años no transcurren así, de esa manera tan repentina.

Cuando el reloj marcaba la 1:22 de aquel 21/01/2014, tuvo la determinación de entrar en aquella habitación cerrada, pero intentando hacer el menor ruido posible. En la cama, que hasta esta misma mañana compartía con Lucía, ella dormía junto a otra persona. Podía haber encendido la luz, podía haber levantado la voz, podía haber dicho algo… pero no hizo nada, cerró la puerta con el mismo cuidado y regresó a su espacio de diez metros cuadrados, su refugio durante los dos últimos años solitarios, olvidado.

Regresó al sofá, a esperar que le visitara el sueño, que al despertar del día siguiente o del día que fuera, la realidad pudiera volver al presente de aquella misma mañana, un día más, no dos años después, también a la voz de Lucía llamándole para desayunar juntos, al ruido de la puerta abriéndose para verla entrar y darle su beso de buenos días. Leyó para intentar acelerar la modorra, para que la claridad del nuevo día penetrara cuanto antes por los resquicios de la persiana. Siguió leyendo:

…No sé cuántos días pudieron transcurrir… pero cada jornada seguía desarrollándose de la misma manera. Las mismas personas. Los mismos horarios. Y aquel objeto, allí tirado, con cada vez peor aspecto y al que nadie veía. Una mañana a eso de las ocho treinta, cuando aún el portal parecía tranquilo, un furgón blanco que entraba por la derecha me llamó la atención. Reconozco, que desde que aquel peón negro fue expulsado del tablero madrugaba más, dormía más intranquilo, no lo sé, pero desde bien temprano, me postraba frente a aquella ventana, esperando acontecimientos. Pues bien, aquella mañana a eso de las ocho treinta, el furgón se paró más o menos a la altura de lo que en su día fue el señor ♟ . Paró su motor. Un tipo con un mono verde abrió la puerta y descendió. Parecía corpulento. Tenía el pelo largo y barba. Se dirigió a la parte trasera del vehículo y abrió la puerta. Hablaba con otro tipo… (1)

Así hasta quedar dormido de nuevo, profundamente. Hasta despertarse tiempo después sobresaltado, levantarse y abrir la puerta de la habitación para encontrarse de repente con la nada. El resto de la casa había desaparecido por completo, aquel espacio, donde había estado durante todo ese tiempo, se encontraba suspendido de alguna forma en el aire, o sobre cualquier otro soporte que no atinaba a ver. Su realidad se limitaba a aquellas cuatro paredes, el resto se había evaporado, olvidado.

(1) Extractos del relato "El tablero de ajedrez", del libro "Relatos para la tortura de un abandonado doméstico". Jose Acevedo. Ediciones Carena. Barcelona. 2013.

LA CITA

Carlos estaba en la puerta del hotel donde le había citado.

Como le había advertido, nunca antes de las 18:30. Fumaba un cigarrillo tras otro, con tal de no adelantarse, intentando así apagar también la ansiedad que le oprimía el pecho desde bien temprano, cada vez que le venía a la cabeza una cita privada con aquella chica a la que ni siquiera conocía, recordando las innumerables conversaciones que había mantenido con ella tantas noches atrás hasta altas horas, repletas de deseo, de lujuria, de lascivia. Hasta la víspera mismo, que le citó en ese punto determinado, siguiendo una serie de instrucciones.

Miedo no tenía, aunque sí un algo de recelo por no saber con quién se iba a encontrar escasos minutos después.

No dejaba de dar ávidas caladas al cigarro, mirando una y otra vez su reloj, como si estuviera convencido de que así los segundos correrían más deprisa.

A la hora exacta, recibió un mensaje en su móvil con el número de la habitación donde le estaba esperando. Entró y buscó directamente el ascensor. Intentó mostrar toda la naturalidad del mundo, como haciéndose pasar por un cliente más que regresaba a su habitación para descansar después de pasar la hora de la siesta dando un paseo por aquella ciudad que tan bien conocía.

Planta 4. Habitación 421.

En el interior de aquel habitáculo solitario iba sintiendo como el corazón se le aceleraba, una fuerte punzada en la nuca, señal que se le disparaba la tensión arterial.

La puerta automática se abrió con parsimonia y silencio, dejando ante sí un largo pasillo a izquierda y derecha. Paredes color crema decoradas con fotografías en blanco y negro de la ciudad, moqueta de tonos rojizos perfectamente aspirada, puertas de tonalidades de roble tirando a castaño, todas ellas cerradas a cal y canto, y sobre todo un lúgubre silencio, paz, sosiego, tranquilidad, calma, reposo, sólo roto por las pulsaciones aceleradas que salían de su interior y que era incapaz de controlar.

Habitación 421.

Carlos delante de la frontera que le separaba de lo desconocido, de algo que esperaba con ansia, también con desconfianza. ¿Y si no fuera tal y como se la había imaginado?, se preguntaba.

Pero llamó sin pensárselo más. Golpeó con sus nudillos con suavidad, como no queriendo romper la placidez de aquel corredor adormilado.

Allí estaba ella, asomando únicamente la cabeza tras entornar ligeramente la puerta que les separaba, haciéndole entrar con una leve sonrisa y escondiendo su cuerpo tras el rectángulo de madera, penetrando al interior de una habitación en colores ocres y cremas, de mobiliario clásico, de cortinas estampadas completamente corridas en toda su amplitud, con la única claridad desprendida de dos lámparas sobre las mesillas de noche situadas a ambos lados de la amplia cama. Asomaba tras de él completamente desnuda y subida a unos altos zapatos de tacón negro.

La misma cara de la fotografía que le había enseñado, al menos en eso no le engañaba, un cuerpo de mujer de unos cuarenta años o poco más, una larga melena castaña clara, casi rubia, de ojos claros y penetrantes, como los de un felino dispuesto a devorar a su presa completamente desvalida.

Sólo se le acercó silenciosa, aproximó sus labios a los de Carlos, los llenó de pequeños besos por toda su superficie, para separarse y mirarle directamente a los ojos, dirigirle palabras en un español con acento del Este.

– Carlos, hoy eres mío. Haré lo que quiera contigo. Sólo te pido que no digas nada, que te dejes llevar. No te vas a arrepentir de haber venido.

Para arrimarse a él, quitarle toda la ropa que iba colocando sobre una de las sillas de la habitación, cogerle de la mano y conducirle hasta el cuarto de baño.

– Métete en la bañera, Carlos.

Después ella, abriendo el grifo de la ducha cuyo chorro les golpeaba a los dos, abrazándole con fuerza, como se estrecha a un hijo cuando tiene miedo, besándole con pasión en los labios, en el cuello, en las mejillas, acariciando con una de sus manos su pene completamente erecto.

– Tú déjate hacer.

Cogió una cuchilla de afeitar que estaba colocada sobre el lavabo para depilar la piel de él por completo, secándole después con la toalla, colocándole frente a ella mientras él se dejaba hacer sin poner ningún reparo, subiéndole un par de medias de color blanco a medio muslo, después unas bragas de encaje del mismo color, junto al liguero que iba abrochando con esmero, como quien viste a una novia para su enlace matrimonial, con cuidado, con dedicación, con escrupulosidad, con pulcritud, contemplándole a cada paso, admirando su obra, aguardando su meta con ansiedad, pero también con deseo, para colocar después un sujetador con relleno suficiente acorde con aquel cuerpo, sentándole sobre una silla frente a ella mientras aplicaba primero la base del mismo tono que su piel, después el corrector sobre la frente, las mejillas, la nariz y el mentón, delineando los ojos a continuación, administrando la máscara a sus pestañas, trazando vagamente los bordes de sus labios en un tono rojo intenso para pintarlos por completo en seguida, y terminar con sus pómulos algo sonrosados, mirándole en la distancia, como el pintor que contempla su lienzo a cada pincelada, frente a ella; sólo dos pequeños detalles antes del punto final, una peluca rubia que había desenredado y peinado previamente, después unos zapatos altos, sin posibilidad de verse frente al espejo; sólo frente a ella quien no dejaba de examinarlo, impidiéndole cualquier palabra, romper aquel perverso momento de intimidad artificial entre ambos, sellándole los labios con los suyos, con suavidad, recorriéndolos de un extremo a otro, acariciando su cuerpo completamente rasurado sin quitar una sola prenda del mismo, con la yema de sus dedos, con melosidad, con suavidad, con ternura, retirándole un mechón amarillento que le caía por los ojos, tocando su nariz, sus mejillas, sus labios, descendiendo por sus hombros desnudos, por la voluptuosidad de sus pechos fingidos, por su vientre, por su pene oculto tras aquel tanga blanco, humedecido por completo, pletórico, exuberante, exultante, rebosante, lleno, colmado, enérgico, vital, para tumbarle sobre la cama, sumiso, silencioso, mudo, dócil, sigiloso, manejable, callado, subyugado, silente, esclavo en todo momento, recorriendo con sus labios todo su cuerpo colocado boca arriba, sin desplazar ninguna prenda, sin romper la armonía de su composición, hasta llegar a la protuberancia manifiesta para acariciar con parsimonia aquella polla que no dudó ni un minuto en estallar por primera vez, untando su cuerpo de aquel líquido pegajoso con una leve sonrisa, volviendo a sus testículos, a sus muslos, a su torso, a sus labios, a sus dedos buscando la cavidad anal, colocándole boja abajo para descubrir su espalda semidesnuda, sus hombros, su cuello, sus nalgas que no paraba de acariciar, subiendo un poco sus rodillas hasta dejarle a cuatro patas, separando sus piernas, apartando la estrecha tela de sus bragas blancas, para inspeccionar su recto, con su lengua, con sus dedos, escuchando entonces su gemido, da igual que fuese de dolor o de placer, primero con calma, cada vez con más pasión, perdiendo toda placidez conforme el delirio se hacía presa de ella, hasta donde el cuerpo soportara pensaría, completamente rendido a su mano introducida casi por completo en las profundidades de aquel diminuto y oscuro agujero, para terminar de nuevo boca arriba, buscando el pene entre sus labios, introduciéndolo después en el interior de su vagina, friccionado su cuerpo contra el de él, inventando todas las posturas posibles de placer, invadiendo los dos huecos inferiores con aquella verga hasta el final, hasta sentirse henchida del esperma de aquel cuerpo masculino travestido en la intimidad de aquella habitación silenciosa, de aquella micción repentina duchando por completo el rostro de él, bebiendo, sorbiendo, ingiriendo, libando, refrescando su rostro por aquel tibio sabor salado, por aquellos labios que querían compartirlo todo con él, aquel carmín corrido de sus labios por la acidez de su orina, abrazados, sometidos por completo, atados sin grilletes, sólo por el deseo por primera vez aprendido por ambos cuerpos retozantes y sudorosos, una pausa antes de seguir poseyéndose, sometiéndose, vejándose mutuamente…

Hasta la escena final, tal y como ella la había concebido en su imaginación desde las mismas noche anteriores, adquiriendo uno a uno todos aquellos complementos que se ajustaban como un guante a su figura, a las medidas de su cuerpo, de sus pies.

El éxtasis definitivo, taponándole por completo la boca para no oír sus lamentos, atándole las manos una sobre otra contra la espalda para que no pudiera soltarse, y colocándole de nuevo boca abajo sobre las sábanas impregnadas de semen, de orina. De nuevo a cuatro patas, intentándole abrir un poco las nalgas con sus manos, jugando con sus dedos en una cavidad anal completamente enrojecida, para introducir un enorme consolador sin los mismos preliminares de antes. Un gemido, un lamento sordo, una contorsión brusca, un hilo de sangre que empieza a brotar, que se hace más visible, que chorrea por los muslos de Carlos, que va cubriendo de rojo las sábanas, escasos segundos antes de ver su cuerpo que no se aguanta sobre las rodillas, que se tambalea sin llegar a desplomarse del todo, mientras se desangra a borbotones. Ella sólo le contempla desde la distancia, esperando, aguardando, acechando, confiando en que aquel cuerpo se vacíe por completo, deje de moverse, de bambolearse, para acercarse entonces y descubrir sus ojos sin vida, sin deseo, sin lujuria, antes de tomarse una ducha, recoger sus cosas, vestirse, salir de la habitación, abandonar el hotel.

A nadie se le ocurrirá investigar el fallecimiento de un hombre en una habitación de hotel por desangrarse analmente, vestido de mujer, inundado en su propio semen, en su propio plasma.

En cualquier caso, para ella habrá merecido la pena aquella cita.

Papá nos abandonó hace tiempo.

Mamá nos pidió un día que la acompañáramos. El frigorífico estaba completamente vacío. Cogimos unas cuantas mudas de ropa y llenamos una pequeña maleta.

Echamos una última mirada a la casa. Nos daba pena dejar atrás los recuerdos de nuestros últimos años de existencia. Mamá nos abrazó con fuerza, como intentando darnos ánimos.

Salimos a la calle. El cielo estaba un poco gris, había perdido el color que evocaba cuando jugaba a la pelota con mis dos hermanos más pequeños, con papá también.

Todos los supermercados y tiendas tenían su cierre metálico cerrado. No tenían ningún indicador sobre su próxima apertura, ni siquiera un "Hasta nuevo aviso". Nada. Sellados por completo.

Nos pusimos a llamar puerta por puerta a lo largo del amplio vecindario. Igual. Portones lacrados a cal y canto. No es que estuvieran deshabitadas las viviendas, se veía luz dentro, nos llegaba el sonido de la vida en su interior, las voces de las personas con las que presuntamente compartíamos un espacio en común: comunidad, barrio, vecindad.

Mamá decidió que esperásemos al abrigo de algún soportal, sentados los cuatro sobre una escalera de cinco peldaños. Ella en el escalón más alto y nosotros tres sobre el segundo empezando a contar desde la acera, uno al lado del otro. Aguardábamos algo, posiblemente que una tienda pudiera abrir sus puertas, que algún residente abriera y nos viera allí parados. Sólo necesitábamos un poco de leche o un bocadillo que atenuara el sonido de nuestros estómagos vacíos.

Así pudieron transcurrir dos o tres días en el silencio de la calle, sin transeúntes de paseo, de camino al trabajo, sin el ruido de los coches que habían dejado de circular, ni de las rejillas de los locales aperturando el negocio. Tuvimos tiempo para contar todas las ventanas, todas las macetas de los balcones que nadie salió a regar durante aquel tiempo, hasta los segundos que uno a uno transcurrían en algún reloj ficticio... Soledad, abandono, destierro, apartamiento, recogimiento, retraimiento, incomunicación, clausura... Sólo el rugido de las televisiones, de las emisoras de radio, de las conversaciones en voz alta de los interiores.

No había nada que hacer, nos dijo mamá en un momento dado. Cargados con nuestra maleta volvimos a nuestra vivienda, dejándola a la entrada nada más atravesar el umbral por si nos pudiera hacer falta algún día cercano. El mismo vacío que nos provocó la huida... ni siquiera la presencia de roedores ni de cucarachas amenazantes y hambrientas.

Tumbados sobre la amplia cama del matrimonio inexistente sólo nos quedaba esperar, una voz en off, la paz, el sosiego, la calma, la tranquilidad, el reposo de después...

LUCIA II

Lucía empezó a gatear a eso de los ocho meses. Poníamos sus peluches a una distancia tal que pudiera verlos y forzar su acercamiento de alguna manera. Era la edad normal para conseguirlo, y lo hizo. Seis meses después intentaba erguir su cuerpo hasta conseguir ponerse de pié no sin dificultad. Entonces era ella la que sobre sus dos piernas tambaleantes se aproximaba a sus juguetes. Todo tal y como nos había comentado su pediatra. Un día escuchamos su llanto cercano, al intentar levantarse se había vuelto a caer al suelo. Allí la encontramos tumbada y gimoteando. Así todos los días siguientes, sólo que sus lágrimas dieron paso a un rostro calmado y sonriente. Desde aquella caída no ha vuelto a intentarlo más, a pesar de tener ya dieciséis años.

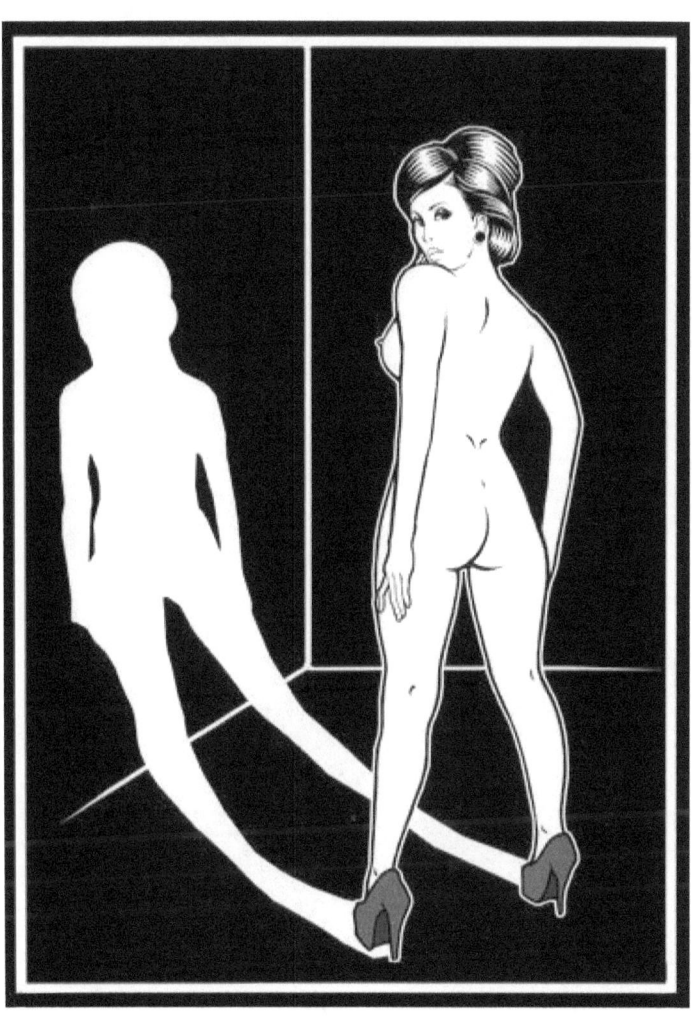

Veinticuatro de mayo de dos mil catorce.

Parece que fue ayer cuando se encontraron en aquel bar cercano a la estación. Cuando ella se levantó de su asiento, se acercó a Carlos con decisión y le estampó un intenso beso en los labios, sin decir ni una sola palabra, desapareciendo en busca del cuarto de baño, reapareciendo minutos después con el carmín retocado, con la sonrisa recién estrenada, cogiéndole de la mano para iniciar un paseo interminable que aún perdura hoy.

Aquel día recorrieron las callejuelas y las plazas del centro de la ciudad. Después, los arenales de la playa de Bolonia hasta la misma cima de la duna. También los de Sancti Petri, los de la playa de la Victoria, los de Zahora, los de Zahara de los Atunes... recorriendo la costa de la provincia, impregnándose de puestas de sol inigualables, sin soltarse uno del otro, jugueteando en las cristalinas aguas, juntando sus cuerpos completamente desnudos en los rincones solitarios de las paradisiacas calas, buscando sus lenguas para dejar atrapadas sus almas en su auto de fe.

Sin dejar de caminar juntos en ningún momento.

Las callejuelas con olor a especias de Estambul, los balcones de ropa tendida con sabor a *saudade* de la Alfama, la mirada perdida sobre los rascacielos sin fin de la Quinta Avenida, el sentimiento de pertenencia en los paraísos de la Isla de Skye, las imágenes aprehendidas en los libros de historia en Roma, la foto de su rincón de deseo desde lo alto de la Medina de Tánger, las poesías impregnando sus nombres en las inclinadas calles de Montmartre, el calor desprendido de sus cuerpos mezclado con el aroma de las

Ramblas. Cercanía, proximidad, inmediación, contigüidad, confinidad.

En la adversidad de la rutina que envuelve a los seres humanos, de las penalidades del duro camino. Dificultades superadas a base de dedicación, consagración, sacrificio, abnegación… sentimientos compartidos en todo su trayecto: sacando la cabeza del agua, respirando debajo de la almohada, alimentando el día a día con miles de imágenes incluso futuras: a la hija que llegaron a criar juntos, a los secretos por develar, a las enfermedades superadas mediante la ilusión de nuevos despertares, sin dejar de buscarse bajo las mantas, en el asiento trasero del coche, encerrados en un baño público, mediante el juego de la provocación y la respuesta inmediata, como eternos adolescentes sin pudor movidos por la adoración absoluta hacia la otra persona, aunque los años pasen para todos; sin abandonar la entrega, el afán de gustar al otro, el encender constantemente la pasión que les mantiene unidos, superando los males de los vivos en una cama de hospital con sábanas teñidas de rosa y estampadas con corazones. Volviendo a la calle, sin importar que el sol luzca allá arriba, ventee con todas sus fuerzas o diluvien lágrimas de seres desamparados caídos en la desgracia de la realidad que nos circunda.

Veinticuatro de mayo de dos mil catorce, sentados en la orilla, con los pies humedecidos por las olas, con la mirada fija en el horizonte, viendo la bruma cubriendo los perfiles de Tánger. Igual que la primera vez que lo disfrutaron juntos. Hoy, hace sesenta años.

Cuando la conoció, ella tenía 65 años.

Le llamó la atención aquella mujer sola sentada en una terraza de bar. La mirada fija en un periódico local desplegado sobre la mesa, un cigarrillo rubio en su mano derecha, un café con leche a medio consumir.

Tanto, que se acercó a ella y le preguntó si no le importaba que se sentara a su lado.

– Para nada, muchacho.

Y lo hizo. No se dijeron más nada. Sólo una mirada fija de vez en cuando, mientras acababa su café a pequeños sorbos, apuraba el cigarro hasta apagarlo sobre un cenicero de cristal.

Aquella belleza que no había perdido a pesar de la edad, aquella elegancia tan natural que le transmitía sosiego, y otros muchos sentimientos acumulados en su interior.

Su media melena de color cobrizo, casi anaranjado, su maquillaje suave pero envolvente, su vestido de una sola pieza, multicolor, ceñido al talle por un cinturón verde agua, a juego con unos zapatos de tacón y un bolso que sujetaba sobre sus muslos. Unas gafas de lectura que se quitó cuando abandonó el diario para centrarse en una conversación que parecía no comenzar nunca, al menos nunca antes de aquellas miradas que se interrogaban en silencio.

Una única palabra mientras sus ojos se posaban directamente en los de él.

– Dime.

— No sé, me llamaste la atención simplemente. Y perdona que te tutee.

— Mejor así, ¿no crees?

— Supongo que sí.

— Me llamo Julia.

— Yo, Carlos.

— Encantada, Carlos.

Y compartieron otro café en aquella terraza prácticamente desierta del parque, en la que empezaba a despuntar el sol del mediodía. Envueltos en los entresijos del desconocimiento, se adentraron, como dos adolescentes, en una conversación que debería conducirles a alguna parte.

— Podría ser tu madre, Carlos.

— También mi amante, Julia. Y perdón por la osadía, pero no me asusta tu fecha de nacimiento.

— A mí tampoco.

Y hablaron de lo humano y de lo divino hasta la hora del almuerzo, que también compartieron. Hablaron de cine, y de libros, y de películas, y de viajes, y de las vidas que habían llevado hasta ese momento del encuentro casual. Incluso se confesaron sus edades.

— Te lo he dicho, Carlos, podría ser tu madre.

— También te lo he dicho yo, Julia, podrías ser mi amante.

Y abandonaron la terraza para compartir una copa en un bar no muy lejano. Tranquilo a aquellas horas. Ella, sentada en un taburete frente a él, dejó el bolso sobre la barra, sin apartar su mirada de aquel rostro casi treinta años más joven que el suyo. Ni él, de la belleza serena de aquella mujer, que realmente tenía la edad de su madre, pero en la que el tiempo se detuvo en un momento dado. Aquellos ojos profundos, oscuros, casi negros, fijos en los suyos.

Pidieron dos *Heineken*, brindaron entrechocando las botellas: *por nuestro encuentro*. A tan escasa distancia el uno

98

del otro, que él no pudo reprimir la tentación de acercar su mano al muslo de ella, aproximar sus labios a los de ella, besarlos como quien besa por primera vez, con la pausa suficiente para no romper el encanto del momento, como quien tiene miedo de ser rechazado en el intento si hiciera uso del ímpetu de su edad. Pero no lo fue, accediendo la boca de ella a acogerle con cariño, con deseo también, en el momento que su lengua buscaba la de Carlos, abriendo los ojos de vez en cuando para descubrir en sus miradas una explicación posible, ensortijándose sus manos que se apretaban, como con miedo a la huida. Un primer beso. Un anuncio de lo que podría venir después. Sin prisas tampoco.

Mientras, el alcohol de las cervezas les acompañaban, también las canciones de *Adam Green, Rufus Wainwright* y *Lana del Rey* que pidieron al camarero para bailar agarrados en la pista vacía, cogidos por la cintura, por las manos que no querían soltarse, por los besos que se sucedieron ahora sin miedo, por los cuerpos que se sentían en los abrazos continuados, sólo lenguaje de gestos, de acercamientos, palabras que fueron aparcadas para instantes posteriores, cuando en el regreso a la barra, relataban sus pasados recientes, otros menos.

El de un hombre aburrido de las personas que buscaban otros ideales en sus realidades. Mujeres que lo daban todo por tener un día un hijo y dar la vida por él, todo su cariño, todo su amor, toda su dedicación, hasta olvidarse por completo de la persona que un día conoció, de la que presuntamente se había enamorado, con la que deseó compartir una existencia común... También de aquellas entregadas en cuerpo y alma a su trabajo, a sus vestidos de ejecutiva, a sus ascensos a costa de cualquier esfuerzo, incluidas pérdidas de dignidad voluntarias, a sus reuniones hasta las tantas y comilonas con las compañeras, con los jefes, con los proveedores, con... También de aquellas que solamente se miran a sí mismas en el espejo, sin darse cuenta que detrás se proyecta otra imagen distinta que aguarda con paciencia… Mejor solo que con alguien ausente. Hasta hoy.

El de una mujer, que a eso de los veinte años conoció a un hombre de edad similar, con el que mantuvo un corto noviazgo, no más de dos o tres años, el suficiente para montar su nidito de amor, el cobijo de sus sentimientos, la independencia económica que fue abundante, en el que tuvieron tres hijos también, hoy todos bien situados gracias a Dios, con el que conoció medio mundo, con el que aprendió a vivir, a disfrutar los momentos que la vida les ponía por delante, hasta una triste mañana de invierno, en la consulta de un especialista, en la que les comunicaron una enfermedad incurable, no más de tres meses, lo siento. Se entregó aquellos días sucesivos a darle más amor y más cariño incluso que en todos los años anteriores compartidos juntos, hasta verle apagarse por minutos, hasta el final. Un recuerdo en la memoria, día a día.

Pero el camino sigue para la otra parte, nada se detiene a pesar de las pérdidas, de las desgracias; aprendiendo en su viudedad a sobrevivir con una sonrisa dedicada, como él llegó a enseñarle, cada día como si fuera el último, a cuidarse para seguir adelante, para que él la viera desde algún rincón del universo, no cabe otra vía, o enterrarse en vida Se puso delante del espejo una mañana, se dio cuenta de su eterna juventud en la piel a pesar de la edad, mudó sus vestidos apagados por otros más acordes con la primavera, se perfiló los labios con un carmín rojizo, volvió a subirse a los zapatos de tacón alto, y esperó que la existencia fuera poniéndole por delante otros momentos de los que disfrutar. Una metamorfosis de tres años. Hasta hoy.

Y salieron del bar. Pasearon juntos de la mano. Ella le llevó a su casa. Un bonito apartamento que ella había comprado cuando se quedó sola. Para qué tanto metro cuadrado de muebles de caoba, de estanterías repletas de libros, de antiguallas de todo tipo, que fue colocando entre sus hijos en memoria de su padre. Unos discretos y sencillos cincuenta metros, repletos de comodidad, de color, de femineidad, de buen gusto.

Una copa compartida servida en una bandeja de alpaca. Un sofá en el que se sentaron uno al lado de la otra. Unas miradas que no tardaron más de un instante, abriendo paso al acercamiento, a los cuerpos que se abrazan, que se besan, que se desnudan allí mismo, que se buscan y encuentran en las profundidades del deseo casi olvidado; toda una tarde de caricias y de roces, de cuerpos que se penetran sin agotamiento, de éxtasis compartidos como si fuera la primera vez sin serlo. Hasta la cena de la noche y un capricho expresado en voz alta.

— Me gustaría que no te fueras, que te quedaras conmigo, Carlos.

Anhelo mutuo que no fue necesario discutir. Sentimientos arrinconados que emergían como nuevos entre ellos. Allí se quedaron, entre aquellos cincuenta metros cuadrados, aquellos paraísos compartidos de las playas de Tailandia, Zanzíbar, Nueva York, Venecia, San Francisco, Praga, Berlín, Estambul, Tokio, Ciudad del Cabo, Buenos Aires, Caracas, Marrakech, Shanghái, San Petersburgo, Camboya; sin dejar de hacer el amor mientras los cuerpos siguieran dándoles fuerza, sin dejar de bailar aquellas canciones de *Adam Green, Rufus Wainwright* y *Lana del Rey* entre otras muchas; sin dejar de besarse ni de soltarse de las manos siempre unidas.

Todo aquello parecía mantenerla siempre joven. Levantarse todas las mañanas, colocarse delante del espejo para arreglarse. Verse así, salir así a la calle.

Un día llegó a preguntarle de dónde sacaba tanta energía.

– De intentar vivir cada día como si fuese el último, Carlos.

Así, hasta que llegó el último día. Tenía que llegar tarde o temprano.

Entonces, lloró desconsoladamente. Sabía que nunca, a pesar de sus 50 años recién cumplidos, volvería a conocer a nadie igual, a vivir de aquella forma tan intensa, VIVIR, como lo había hecho en aquellos quince últimos. Aunque había aprendido una cosa, algo que le debía a ella: había que intentar seguir viviendo cada día como si fuese el último.

Todo aparentaba normalidad en la ciudad de las letras y de los números.

Cada uno en su casa y Dios en la de todos. Quien tenía que ir al colegio, allí estaba todas las mañanas a la misma hora. Quien tenía que ir a su trabajo, puntualmente se encontraba en su puesto con la sonrisa que procede en una existencia más o menos dichosa. Quien había sobrepasado cierta edad, simplemente se dedicaba a disfrutar de un paseo, de una partida de dominó, de un rato de gimnasia para mantenerse en forma. Quien no tenía otra cosa que hacer, sencillamente conseguía llenar su tiempo con un libro, con las tareas de la casa, con una cerveza en una terraza cualquiera, yendo de compras. Como en cualquier ciudad corriente. Al menos esa era la imagen que transmitían sus habitantes.

Aquellas letras y aquellos números ocupando sus avenidas, sus paseos, sus alamedas, sus bares, sus cines, sus teatros, sus centros comerciales, sus restaurantes... también sus balcones, atareados, como podíamos verles, arreglando sus macetas, fumando un cigarrillo apoyados en la barandilla, leyendo el periódico sentados sobre una silla plegable o, sencillamente, mirando el ir y venir de los viandantes de un lado para otro allá abajo, en la calle.

Rumor que dormía cuando la luz abría paso a aquellas noches silenciosas, cuando unas y otros regresaban de su jornada diaria llenando de vida sus hogares, cuando en el cielo sólo el rumor de la luna en su interminable recorrido, iba desplazándose para hacerse visible desde todas las terrazas en busca de una fotografía que la hiciera eterna, escoltada siempre por sus incansables amigas de aventuras.

Pero una mañana cualquiera, un elemento nada habitual hasta entonces había entrado a formar parte de aquel paisaje. En uno de los ángulos del parque una tienda de esas de *camping* había sido desplegada, posiblemente durante la noche, aprovechando el sueño de las letras y de los números, la cámara desconectada de aquél que todo lo ve. Allí estaba aquella tela de colores rojizos extendida, cuando la víspera no había más que unos escasos metros cuadrados de césped. A través de las ventanas que volvían a abrir sus batientes a una nueva jornada, la mirada perpleja de las letras. Era la primera vez que algo abortaba la normalidad, la tranquilidad, la serenidad, la naturalidad, la calma, el orden de su horizonte más cercano.

Pero como todo se sabe en territorios como aquel, por muy privada que pueda resultar la vida de cada uno de sus vecinos, pronto corrió la noticia: "la familia Ñ había sido desalojada de su vivienda."

Al parecer papá Ñ había perdido el trabajo recientemente. Había dejado de tener su condición de letra importante con los años, y en tiempos como los que hoy vivimos, su presencia había dejado de tener utilidad y resultaba costosa para la empresa. La consecuencia inmediata de aquella caída en desgracia no fue otra que dejar de percibir el salario con el que hacían frente al alquiler de su vivienda, al recibo de la luz, del agua. Sin pensárselo mucho, invirtieron el dinero que les quedaba en el banco en aquella tienda de colores rojizos que hoy contemplamos sobre la superficie del parque.

Como los números temían las consecuencias de aquel despido, en un principio intentaron negociar con él un cambio de trabajo, siempre y cuando consintiera hacerse una pequeña cirugía, ofrecerle un trabajo de letra *N*, sin rebaja de sueldo, sin merma en sus condiciones laborales aunque, eso sí, incrementando el número de horas que dedicaba a su jornada. Tenía que asumir tanto la carga que suponía su anterior estatus, como la del nuevo, en sus diferentes acepciones. Así, por ejemplo, *acuñar* en sus tres significados: *"Imprimir y sellar una pieza de metal, especialmente una moneda o una medalla, por medio de cuño o troquel", "Hacer, fabricar moneda"* y *"Dar forma a expresiones o conceptos, especialmente cuando logran difusión o permanencia".* Pero también *acunar* con sus dos extensiones: *"Mecer al niño en la cuna o en los brazos para que se duerma"* y, en Costa Rica, *"Meter al niño en la cuna".* Pero eran los efectos de lo que los números llamaban *globalización*, esto es, un intento de construir un mundo no fraccionado, sino generalizado, en el que la mayor parte de las cosas sean iguales o signifiquen lo mismo; es decir, sin fronteras, sin diferencias geográficas, ni socioculturales, ni económicas, ni políticas. Aunque todos supiéramos de antemano que esas nuevas teorías eran una mentira, una vulgar forma de manipulación a nivel global, en vez de a nivel local.

No es que le importara trabajar más a papá Ñ. Había demostrado a lo largo de su existencia una entrega absoluta a su labor, siempre sin rechistar, a pesar de las intromisiones, de las bromas que incluso llegaron a gastarle por ese apéndice que siempre le acompañaba sobre su cabeza. Era consciente del juego propuesto por los números: trabajar más a cambio de un mismo sueldo, una nueva forma de esclavitud que se iba extendiendo como consecuencia de eso que llamábamos *globalización*. Pero lo que no estaba dispuesto a aceptar papá Ñ, ni siquiera su familia con la que lo compartía todo, era perder su dignidad como letra. Eso nunca. Ya saldrían adelante como fuera.

Dejaron de ingresar su salario, pero el mundo de las letras demostraba siempre una virtud por encima de todas, la solidaridad. Desde el primer día, y desde mi posición privilegiada que todo lo observa y todo lo sabe, podía ver

107

a sus vecinas socorrer a la familia $\tilde{N}$ en todas sus necesidades, no sólo a las más pudientes como la N, la D, la S, la R, la C, o la L, incluidas las vocales, sino también a aquellas familias que tenían más dificultades para llegar a fin de mes: la X, la Y, la W, o incluso la Z. Cada una en la medida de sus posibilidades. De tal forma que, a pesar de las vicisitudes, intentaron seguir llevando una vida normal, por llamarla de alguna manera. Cambiaron su vivienda por aquel habitáculo de lona sobre el parque, pero los niños seguían yendo al colegio, y al médico cuando les hacía falta. Lo que dejaron de hacer era ir todas las mañanas al trabajo, al banco, porque no había nada que cobrar o pagar, o a la compra, porque los alimentos necesarios eran proporcionados por el resto de sus vecinos no numéricos.

Pero aquella adversidad fue extendiéndose con el paso de los días a otras familias con las mismas dificultades. La X, la Y, la K, la W, o incluso la Z. Siempre con las mismas consecuencias. El parque se fue poblando de tiendas, el compañerismo propagándose.

Aquella fraternidad por parte de las letras empezó a ser vista por parte de los números como una especie de rebelión, un ataque contra el orden establecido. Había que responder de alguna forma dado que disponían de las armas de coacción suficientes para ello. Subieron los alquileres de las viviendas, pusieron una tasa por la asistencia a los colegios o a los centros médicos, los precios de los transportes se encarecieron desproporcionadamente, casi había que pagar por respirar o por acudir al trabajo, sin mencionar los múltiples intentos de desmantelar aquel campamento improvisado en el que se estaba convirtiendo el parque. Sin conseguirlo. Siempre a última hora, los enviados a mantener el orden público, se echaban para atrás antes de cumplir las órdenes de sus superiores. Había que deshabitar como fuera aquel refugio revolucionario, nido de vividores, de terroristas, en nombre de la ley, de la democracia. Pero los emisarios encargados de mantener el estatus de los números no dejaban de ser letras, ordenadas de tal forma que cumplían aquella función de carácter público, no sé si decir de carácter privado mejor, porque me resulta contradictorio afirmar que salvaguardar los privilegios de unos cuantos sea sinónimo de defender la paz social. *P-O-L-I-C-Í-A-S*. Regresando al cuartel sin las órdenes cumplidas, sin arrepentimientos tampoco, a pesar de las coacciones, de las amenazas, de los chantajes múltiples que recibían. Estaba claro que esos no eran argumentos suficientes para convencer a las letras, para cambiar su comportamiento y que la ayuda mutua que se expandía por el parque era más que suficiente para sobrevivir todas las mañanas a todas las intimidaciones. Total, los números no tenían los cojones suficientes para conseguirlo por sí mismos, sin necesidad de recurrir a las letras –pensaba yo–. Eran pocos y cobardes, como decía la canción.

A mayor extorsión, mayor era el compañerismo mostrado por las letras. Sin excepción. Incluidas las vocales, siempre tan sumisas. Las clases comenzaron a impartirse en el propio parque. Allí estaban los *P-R-O-F-E-S-O-R-E-S*, que abandonaron los colegios oficiales porque la enseñanza estaba por encima de las prebendas de los números. Los hijos del *1*, del *2*, del *3*, del *4*, del *5*, del *6*, del *7*, del *8*, del *9*, del *0*, comenzaron a tener problemas, sobre todo con la escritura, también con la lectura. Sus libros de texto comenzaron a vaciarse de contenido impreso, sólo algunas ilustraciones; sólo las fechas de ciertos acontecimientos, sólo los libros de matemáticas con gráficas. Su lenguaje empezó a convertirse en un dialecto irreconocible y extraño, al igual que el de sus mayores. Los libros dejaron de tener caracteres, las canciones borraron sus letras, las películas se convirtieron en mudas. La cultura se convirtió en un bien de uso exclusivo para unos cuantos, la élite fue empobreciéndose, no sólo económicamente como consecuencia de la revuelta, también se volvió ignorante, analfabeta, inculta, profana. Bueno, creo que siempre fue así.

También la medicina, cuando algunos presentaban problemas de salud, en todas sus especialidades. *M-E-D-I-C-I-N-A*. *E-N-F-E-R-M-E-R-Í-A*. *C-I-R-U-G-Í-A*. Generando verdaderos problemas en los centros médicos privados, donde la atención, paulatinamente, empezó a dejar de ser prestada.

Cuando el resto de las letras llegaron a percatarse de que los números sólo entendían de dinero, que todo valía a costa de mantener sus privilegios, incluso la vida de sus compañeras, todas sin excepción fueron trasladando su vivienda al parque. La familia *A*, la *B*, la *C*, la *D*, la *E*, la *F*, la *G*, la *H*, la *I*, la *J*, la *L*, la *M*, la *N*, la *O*, la *P*, la *Q*, la *R*, la *S*, la *T*, la *U*, la *V*. Incluyendo a sus hijos, que nunca habían dejado de acudir todas las tardes, después de salir del colegio a aquel nuevo espacio compartido para jugar con sus amigos. *a, b, c, d, e, f, g, h, i, j, l, m, n, o, p, r, s, t, u, v…* junto a *ñ, k, y, w, x, z*. Habían pasado de acercarse de vez en cuando a socorrer a las desahuciadas, a hacer de aquel enclave su nuevo mundo, su nueva sociedad, su propio espacio, donde todos aportaban sus conocimientos y saberes, donde no existía el dinero, donde todo se compartía por igual.

La ciudad se había trasladado a aquel espacio verde que creció en tan poco tiempo, que fue acogiendo uno a uno a todos aquellos que prefirieron recuperar su libertad antes que alimentar el egoísmo de los números con los que hasta entonces habían convivido pacíficamente, o tal vez ciegamente. Ahora que habían descubierto su verdadero fin, era mejor vivir al margen de ellos.

Las consecuencias para los números no se hicieron esperar. Además del regreso a la incultura, dejaron de tener ingresos (todas las letras abandonaron sus viviendas y dejaron de pagar los alquileres, los suministros, los transportes, las innumerables tasas que fueron imponiendo con tal de intentar compensar la recaudación), el problema de provisión de alimentos se fue haciendo extensivo. Las letras cosechaban sus propias verduras y frutas, cuidaban su propio ganado, hacían su propio pan, incluso su propio alcohol. Aprovisionamientos que destinaban a su consumo propio. No podían negociar con aquellos números que habían llegado a poner en peligro su propia vida con tal de mantener sus privilegios.

Pronto vimos como muchos números, víctimas de su egoísmo, fueron desapareciendo de su paisaje. Unos morían desatendidos en los hospitales, otros en sus propias casas, de inanición, otros emigraban a tierras lejanas donde no sabemos si eran bien acogidos, o simplemente se quedaban en tierra de nadie donde esperaban su momento final. No sé qué hubiera pasado si alguno de ellos hubiera acudido al parque, hubiera hablado con las letras, les hubiera implorado un poco de solidaridad, *mis hijos están pasando hambre, se mueren, podríais ayudarme*. Posiblemente, su condición le hubiera ayudado a resolver sin meditarlo mucho, esta tesitura de ayudar a aquellos seres que durante tanto tiempo les han explotado hasta el final, a riesgo de su propia existencia. Sin duda, *podéis veniros cuando queráis, no sois bien recibidos, pero no podemos negar la comida a nadie, ni siquiera a vosotros*. Pero tal vez su orgullo les impidiera dar aquel paso, preferían morir de hambre, dejar sus casas, antes que compartir con las letras aunque fuera la solidaridad de éstas. Soberbia que acabaría con sus existencias maldecidas en alguna parte.

Cuando sólo quedaron las letras en la ciudad, las grúas fueron derrumbando todos los edificios que recordaban la sociedad impuesta por los números, recuperando las viviendas que eran de todos, también los trabajos en los campos, en los hospitales, en las escuelas. Los salarios habían dejado de existir, aportando cada uno lo que producía, sin más interés que la supervivencia de todos. Su felicidad.

Al parque le pusieron el nombre de *L-I-B-E-R-T-A-D*.

De los números nunca más se supo.

Todo volvió a la normalidad en la ciudad de las letras. Por las noches, sólo el rumor de la luna en su interminable recorrido, iba desplazándose para hacerse visible desde todas las terrazas en busca de una fotografía que la hiciera eterna, escoltada siempre por sus incansables amigas de aventuras.

¿Te acuerdas del día que nos conocimos? Me gusta verte sonreír…

Recuerdo que llegaba a casa después de un pésimo día. En la tienda, las cuentas cada día estaban menos claras. Con Pablo era la enésima vez que discutíamos en una semana. Le dejé tirado en el restaurante sin haber llegado a los postres. Era noche cerrada, lo que unido al fuerte aguacero, había despoblado las calles casi por completo. Empapado me adentré en el inmueble, tan desierto como la intemperie bajo la tormenta. Aparte del corazón y de la cuenta corriente, tenía destrozado el cuerpo, dolores que iban ocupando minuto a minuto cada milímetro de mi torso... Pero no te pongas triste cariño… Cómo te gusta que te abrace. Que seque tus lágrimas caídas por los recuerdos. Ya pasó. Sonríe, por favor. Ya te he dicho mil veces que me encanta verte alegre.

Como no lo estabas aquella noche, en la que al salir del ascensor y enfilar el largo corredor que conduce a la puerta de mi vivienda, te encontré allí, tirada en el suelo. Completamente inmóvil. En posición fetal. Silenciosa. Al agacharme para comprobar si respirabas, comprobé que aún tenías algún síntoma de vida. Sí, aún te quedaba algo de aire que expulsar. El rostro desfigurado, lleno de sangre, al igual que tus brazos inertes. Espera, no te muevas, te dije… Como si pudieras hacerlo en tu estado. Entré en mi casa. Descolgué el teléfono. Marqué el 112. Por favor, deje de hacerme preguntas estúpidas y envíen urgentemente a una ambulancia. Después de colgar volví a tu lado, permanecías como muerta, pero con pulso. Como destrozada, pero sin dolor aparente. Como anestesiada de la rutina, pero sufriendo tu coma. Nunca me has contado como te sentías, pero entiendo que nada bien. De eso estoy seguro. La ambulancia sólo tardó cuarenta minutos aproximadamente. Durante la espera, tu cuerpo seguía en la misma posición. Con una respiración muy tenue como única señal de supervivencia. Te hablaba, te preguntaba cosas, sin conversación posible. No sé si me escuchabas. Si me veías desde abajo. Si sentías algo. Te pregunté tu nombre, qué te había pasado, qué o quién te había dejado en tal estado, cómo habías llegado hasta este rincón perdido y anónimo de la ciudad... Silencio por respuesta. No te rías, mujer. Bueno, sí, mejor así, ya sabes que digo las cosas como las digo. ¿O no me conoces ya? Después de... Cuánto tiempo llevamos juntos. Sí, eso es, veinte años... Vale, exagero... Dímelo tú entonces...

Y llegaron y te recogieron en una camilla. Eso sí, con mucho cuidado. Tardar, tardaron lo suyo, pero después no lo hicieron mal. Aunque imagino que siempre lo harán igual. Y me fui contigo. Y la ambulancia empezó a correr por las calles mojadas con un ensordecedor sonido de sirenas. No tardamos más de un cuarto de hora en llegar al hospital, donde ya te estaban esperando en la puerta. Te bajaron y desapareciste en cuestión de segundos, mientras una enfermera me hacía todo tipo de preguntas. Las mismas que yo te había hecho minutos antes sin escucharme. Y no debieron quedarse demasiado convencidos porque minutos después llegó una pareja de la policía y me volvió a hacer todo tipo de preguntas. Aunque en otro tono. No debí de ser muy convincente con mis respuestas porque eran incapaces de darse cuenta de que yo no tenía nada que ver contigo. Bueno, algo sí. Me llevaron con ellos. Me encerraron en un despacho donde me tuvieron toda la noche haciendo preguntas. Como si en la prolongación de los tiempos las respuestas pudiesen cambiar el rumbo de las investigaciones. Como si esperaran mi confesión después de una noche sin dormir. Pero qué quieren que les cuente. Mi único pecado ha sido encontrármela delante de la puerta de mi casa. Que no, que no la conozco de nada, ni su nombre, ni donde vive, ni cómo fue a parar hasta allí, ni nada de nada. Sólo se me apareció, llamé a la ambulancia y todo lo demás ya lo conocen… Y vuelta a empezar. Hasta la historia de Pablo se la conté. Mire agente, he tenido un mal día, el negocio me va fatal. Con eso de internet nadie compra películas. Y lo demás, pues lo mismo. Que qué tipo de negocio tengo. Un *sex shop*. Te voy a ahorrar los comentarios, claro. Que no colaba, a pesar de todo. Que hasta que no apareció Pablo a las nueve de la mañana no hubo forma de que me dejaran salir. Cualquiera sabe lo que les dijo. Sólo sé que hasta Pablo me hizo todo tipo de preguntas. No sobre nosotros, qué va, sobre ti. Más de lo mismo. Mira Pablo, vete a la mierda. Déjame en paz. Te lo dije anoche y te lo vuelvo a decir ahora. Y por cierto, podías haber venido antes. Lo demás, excusas de una maricona loca que me tenía hasta el clítoris. Lo cierto es que me hizo caso, le vi no hace mucho. Salía de un restaurante. Ni me miró, te lo juro. Un trajecito negro así pijo, corbata espantosa, engominado hasta las cejas y acompañado de la mano por una rubia teñida con tetas de silicona… No puede disimularlo, por muy macho que se haya vuelto… Ay, chochete, como me gusta que te rías…

Y lo primero que hice al salir de la comisaría fue volver al hospital. Estaba angustiado por no saber tu estado de salud desde que me sacaron de urgencias aquellos maderos. He de reconocer que a pesar de sus malos modos, estaban buenísimos los tíos. No me dejaron entrar a verte.

Tampoco quería decir que era tu marido, sería como volver al principio. Ahora que parecía quedar claro que entre nosotros no había vínculo alguno. Pero es que no lo había. Ahora sería distinto. Pero no entonces. Al menos me dijeron que seguías con vida. En coma, pero estable. Tampoco sé cómo se puede estar en coma y estable a la vez. Pero bueno, no soy médico y no tengo porqué entenderlo. También supe entonces que nadie había venido a verte. Ni siquiera si habían intentado localizar a nadie. Nada. Y te tuve que dejar allí, al cuidado de aquellos desconocidos, sola, en tu estado de letargo. No tuve más remedio, cariño. La tienda iba como el culo, no podía dejar de abrir. Al menos había que seguir intentándolo. Así que decidí sobre la marcha irme a casa, darme una ducha, ir a la tienda, abrir, estar allí hasta media tarde y volver por la noche a verte. Aun así, antes de irme, le dije a una enfermera que me avisara por favor si había alguna novedad sobre tu estado de salud. También podía dejarte allí sin más. Total, no te conocía de nada, al contrario, desde que te conocía habías sido un incordio. Eras un problema, cariño. Entiéndeme. O qué hubieras hecho tú en mi lugar. Eh, dime.

Y regresé a casa en un taxi. Por cierto, cada día están más caros los cabrones. Estaba destrozado. Me hubiera acostado de buena gana. Pero me conformé con una buena ducha. Un cambio de ropa y vuelta a la calle. Espero tener un mejor día, Dios mío. No paraba de repetírmelo, como si la reiteración de mi plegaria llevara implícito un cambio en mi suerte. Y el día no fue mucho mejor que el anterior. Recuerdo que en todo el día solamente vendí una película que estaba en oferta: "Más puta que las gallinas" y un miniconsolador que poco apaño podría hacer. De no ser por los ahorros que me había dejado en herencia mi madre al fallecer y de las restricciones que me había ido poniendo Pablo en su afán de retirarme de la vida nocturna, seguro que ahora estaría en la más absoluta de las miserias. Tal vez debí hacerle caso y cambiar de negocio. Las flores siempre se venderán. Siempre quedarán enamorados, madres, muertos o algún rincón que adornar en la casa. Pero nunca me vi entre centros de rosas, de claveles, de orquídeas, de prímulas, de fucsias, de camelias, de tulipanes, de petunias, de crisantemos, de gladiolos, de pensamientos, de iris, de azucenas, de begonias, de peonias, de hibiscos, de margaritas, de jacintos, de aves del paraíso, de lirios, de clivias, de zinnias, de daturas, de gerberas, de edelweiss, de freesias, de ciclámenes, de geranios, de jazmines, de anémonas, de azaleas, de dalias, de capuchinos, de girasoles, de violetas, de alegrías, de pasionarias, de amarillis, de clematis, de narcisos, de eléboros, de lisianthus, de arco iris, de kalanchoes, de lavateras, de bulbos, de gazanias, de amapolas, de lupinos, de monardas, de romúleas, de xolanthas, de cleonias, de salvias, de alliums, de bellardias, de junquillos, de lotos, de lunarias, de madreselvas, de magnolias, de nenúfares, de nomeolvides, de mirtos, de mimosas, de campanillas, de centáureas... Qué mareo de tantos olores penetrantes. No te preocupes cariño. No es añoranza. Sólo me acordaba de esos malos momentos que debí afrontar solo. Tú en el hospital. Pablo ausente. Mamá muerta. Y el teléfono mudo. Lo que me daba algo de tranquilidad, sin novedad en el hospital. Sólo con mi pensamiento puesto en todas las ausencias, en los números rojos de un negocio que me conducía a la quiebra, al no saber qué hacer, ni a quién recurrir, como antes. Como después. Salvo Marcos. Sólo un taxista maloliente que me devolvía hasta el hospital, donde tampoco me dejaron verte. No hay novedad. Sigue en coma. No, nadie ha preguntado por ella. Tampoco hemos podido localizar a ningún familiar. No hace falta. Es una tontería que se quede toda la noche. No puede hacer nada por ella. Mejor que se vaya a descansar. Mañana será otro día. Y el siguiente otro, y otro, y otro, y otro. Y dos semanas con el mismo discurso. El mismo guión que se repite. Sí, cariño, lo pasé fatal. Sobre todo aquella primera noche que volví a casa. Más solitaria que nunca, por muchas luces que encendiera. Por mucho ruido que intentara hacer para mitigar el silencio. Todo eran recuerdos. Vacíos. Ni siquiera el rastro de una gota de sangre tuya derramada la noche anterior sobre el pasillo. Como si nada hubiera sucedido. Como si todo hubiera sido borrado, salvo de mi memoria. Del cansancio de una noche ausente en las dependencias policiales. Y la siguiente lo mismo, y la otra, y la otra, y la otra, y diez más, en la que el insomnio era mi compañero, su ausencia mi desesperanza…

Era desesperante, cariño. Pero, por favor, no llores. Sé que es tu única forma de expresarte. Pero prefiero tu sonrisa. La que me acompañó aquella noche quince, cuando al regresar al hospital encontré una novedad. Después de tanta insistencia, el personal empezó a tratar-me como tu única familia. Al parecer te llamas Alegría. Estuviste casi dieciocho años en un centro de menores, te llevaron después de encontrarte en un contenedor de basuras. De tus padres, nunca se supo. Allí creciste y te hiciste mujer. Niña normal, sin traumas. Buena estudiante. Cariñosa. Perdieron tu pista nada más cumplir la mayoría de edad. Al parecer salías con un chico. Una noche, ya no regresaste a dormir. Y trabajabas en un comercio de ropa. Comprendo que no entiendas nada, pero esto es lo que me contaron en el hospital aquella noche. Desde entonces, hasta que apareciste tirada en el suelo aquella noche en mí casa, sin restos de tu pasado. La policía sigue investigando. Además, tengo otra noticia que darle. Hoy ha abierto los ojos. Ha vuelto del coma. Su estado es estable. Saldrá adelante. Pero tiene secuelas. No sabemos si reversibles o no. No dice nada. Como si fuese muda. Además su cuerpo no responde a ningún estímulo. ¿Puedo entrar a verla? Claro que sí. Entré. Te vi. Con tus ojos inmensos abiertos de par en par. Me acerqué a tu cama. Tu rostro tenía aún restos de hematomas. Pero tenías esa mirada tan dulce que todavía conservas.

Una semana más en el hospital. Ahora tenía un motivo para luchar. Que salieras adelante. Por las noches me quedaba a tu lado. Te conté lo de mamá. Sabía que al menos escuchabas. Lo alegre te hacía sonreír. Lo triste te provocaba derramar lágrimas. Voz no tendrías, pero sí sentimientos. Mamá me crió sola. Enviudó joven. Cirrosis hepática, yo apenas había cumplido los cuatros años. Afortunadamente murió pronto. De lo contrario hubiera dilapidado la fortuna que heredó mi madre. Me educó entre algodones. Si hacía frío, porque hacía frío. Puedes coger cualquier constipado. Y nunca se sabe. Si hacía calor. Te puede dar un sofoco. Siempre eché de menos un hermano con quien jugar. Amigos en la calle con los que corretear tras una pelota. Ni masculinos, ni femeninos. Mamá y sus amigas, que venían muchas tardes a casa a tomar café y jugar a las cartas. Jamás le conocí en compañía de otro hombre. Viuda, y para los restos. No quiero más hombres en esta casa, me decía años después. Los hombres sólo te traen complicaciones y desgracias. Católico. Apostólico. Romano. No sé cuántas veces me hizo leer la Biblia y libros de santos. Vida de San Wenceslao, Santa Matilde, San Martín de Porres, Santa Marta, Venerable María, San José, Santa María Micaela, Santa Margarita de Hungría, San Malaquías, San Macario, San Marcelino, Santa Lucía, San Lorenzo, San Lázaro, San Justino, San Juan de Dios, San Juan de la Cruz, San Juan de Ávila, San Juan Bosco, Santa Inés, San Isidro, San Francisco Javier, San Francisco de Asís, Santa Filomena, San Felipe Neri… Por eso, cuando descubrió entre mis papeles años más tarde mi predilección por el sexo masculino… Creo que eso fue lo que la mató. Qué tragedia, Alegría. Le falló el corazón. A ella que parecía un roble. No la mató mi padre y la mató mi homosexualidad. Años sin apenas dirigirme la palabra. Me daba pena, Alegría. De ella, me refiero. Entiendo que en su mentalidad no hubiera sitio para mi condición. Sí, cariño, la entiendo. Por eso me arrepiento tantas veces de haber guardado revistas entre mis papeles. Fuera de casa podía hacer lo que quisiera, pero dentro… Ya me vale… No duró ni cinco años la pobre. Llegué una noche a casa, a eso de las doce sería, allí estaba, en su balancín, con la televisión puesta… Ella ya estaba con todos sus santos. Alardeando de su condición. Pidiendo perdón por mi pecado. Y así durante siete noches seguidas hablándote. Los médicos me lo aconsejaban. Háblele. Le vendrá bien. Y lo hacía. Sé que me escuchabas. Que sentías mis palabras. Su muerte, mi orfandad. Cuando te encuentras tan joven, solo en la vida, pero con un capitalazo en la cuenta bancaria… De verdad que es como para volverse loco. Y me volví, totalmente loca. Enterrada como Dios manda, abrí todos los ventanales. Cambié cortinas. Mobiliario. Pinté toda la casa. Decoración. Hice de aquella morada digna de una fiel creyente, un antro de lo más mono. Fuera pantalones con raya y trajes de chaqueta… Fuera los grises… Fuera los crucifijos… Y como tenía que vivir, qué mejor que invertir una cantidad en mi futuro. Qué mejor que una cueva del sexo. Películas, lencería, desarrolladores, estimuladores, juegos, vaginas, penes, muñecos, harnesses, vibradores, anillos, bolas chinas, aceites de masajes, afrodisiacos, preservativos, mordazas, esposas, lubricantes… Una monada, Alegría… Ya por entonces había conocido a Pablo. El muy puritano con lo de las flores… Lo cierto, cariño es que la tienda funcionaba. Me daba para vivir, mientras dilapidaba en juergas no sólo los beneficios, sino también la herencia. Eso sí, nada de drogas, ni malos rollos. Unas copitas. Buena música. Sexo maravilloso. Tuve la suerte de nunca coger nada raro.

Así que en sus siete días con sus sietes noches te instruí sobre mi vida. Al menos nos conocíamos por nuestros pasados y por ese presente tan reciente de nuestro encuentro desgraciado. Alegría, te hablo de cómo ocurrió. No llores cariño, que no te estoy diciendo que nuestro encuentro haya sido una desgracia. Joder, que no es eso. Pero debes entender, que tropezarme contigo de la forma en que me tropecé no es para festejarlo. Y te llevé a tu nuevo hogar. Esta casa. Siento que no puedas aportar, cómo decirlo, tu toque femenino, pero en tu estado, cualquier cosa es difícil. ¿Cuánto hace? Y hemos pasado lo nuestro. Alegría, ¿preparo la cena? ¿Qué te apetece?

A los pocos días de instalarnos juntos, no sé si lo recuerdas, recibimos la visita de la policía. Dos señores muy altos, muy corpulentos, con unos culos estupendos, pero sin uniforme. Preguntaron por ti. Todavía está en la cama. Como sabrán apenas puede moverse. Lo sabemos. ¿Podríamos verla? Les acompañé hasta tu habitación. Te preguntaron cómo estabas. No sé si sabrían que obténdrían por única respuesta unas lágrimas o una sonrisa. Enseguida abandonaron tu habitación y nos sentamos en el salón. Me contaron que habían detenido a un presunto sospechoso de la agresión. Al parecer era camarero en un bar cercano a la tienda donde tú trabajabas. Os conocisteis y empezasteis a salir. Fue cuando te perdieron la pista en el centro de menores. Vivíais de alquiler. Él había dejado repentinamente el trabajo. No se le conocía fuente de ingresos. Aunque vestía con una apariencia de llevar un nivel de vida más bien alto. Por aquella época también dejaste el trabajo en la tienda. Te veían salir y volver a casa sola. Con una indumentaria un poco impropia. Apenas se os veía juntos. Pero sí se escuchaban gritos. Escándalos. Cada vez con más asiduidad. De pronto un día desapareciste. Hasta aparecer de nuevo en tu estado. Cariño, hace tiempo de eso. Por favor, no llores más. Aquello ya pasó. Pasó. ¿Entiendes? Terminó. Concluyó. Es un recuerdo que debes borrar de tu cabeza. Entonces me siguieron contando la historia del chico. Me dijeron que era un chico normal. Que el bar en el que trabajaba era de un familiar. Un tío suyo lejano. Acostumbrado a sus desapariciones y apariciones repentinas. Nada problematico. Sí habían notado que en su ausencia hacían algo más de caja en el bar. Todo lo contrario a cuando él estaba trabajando. Lo encontraron en su casa en compañía de otra chica. También muy joven. Lo detuvieron porque ella lo acusó de proxenetismo. Ella tenía diecisiete años. La familia lo estaba pasando un poco mal, pero veían venir que se metería en líos tarde o temprano. En el armario encontraron ropa que no era de la chica que le denunció. Me contaron poco más. Sólo me pidieron si podía enseñarte unas fotos. Al principio dudé. Era todo muy reciente. No quería que sufrieras más. Pero tampoco podía negarme. Lo siento, cariño. Lo hice por ti. Volvieron a la habitación. No sé si recuerdas el momento. Sin tener por qué hablar, sin tener por qué emitir ningún sonido, estaba claro que le reconociste enseguida. Te llevaste dos días sin parar de derramar lágrimas. Ellos se fueron y no molestaron más. Lástima. Claro, uno es lo que es, por mucho que intente disimularlo a tu lado. Nunca he renunciado a mi sexualidad. Sólo me he adaptado a nuestra nueva situación. Pero te prometo que nunca te he engañado. Nunca. Créeme. Además, ya voy para viejo. Ay, si me hubieras conocido diez años antes. Todo un *dandy*. Maricón, pero *dandy*.

Nunca te recuperaste. Al menos, espero que interiormente te encuentres mejor. Quisiera saber qué sientes. Qué piensas... Nunca lo he sabido. Por muchas sonrisas que pintes en tus labios cuando pareces alegre. No lo sé. No sabes cuántas veces he llegado a perder la paciencia. No lo sabes bien, Alegría. Lo sé. Tú no puedes hacer más de lo que haces. Pero sueño, desde entonces, e incluso hoy sigo haciéndolo despierto, con que un día te lanzas a mis brazos. Me llenas de los besos que sólo puedo darte yo. Me dices palabras cargadas de sentimientos. Tan pocas veces me han dicho: "Te quiero" con sinceridad. Ni siquiera Pablo. Yo sí te quiero. Más de lo que crees. Más de lo que te imaginas. Seguro que más de lo que nunca te han querido. Por eso me planteé con seriedad qué hacer contigo. Sabía que eras una carga para mi vida tan turbulenta. Sabía que hacerme cargo de ti era renunciar a mi propia existencia. O mejor dicho, hacer de mi existencia otra bien diferente. Pero no quise hacer de ti una víctima de mi falta de cariño. Tú no tenías la culpa de nada. Te bastaba con estar ahí. Sonriendo. Llorando. La vida te había dado la oportunidad de vivir esta otra vida. Inerte. Muda. Sin otra expresión que tus sonrisas y tus lágrimas. Y por eso cambié todas mis películas, mi lencería, mis desarrolladores, mis estimuladores, mis juegos, mis vaginas, mis penes, mis muñecos, mis harnesses, mis vibradores, mis anillos, mis bolas chinas, mis aceites de masajes, mis afrodisiacos, mis preservativos, mis mordazas, mis esposas y mis lubricantes por centros de rosas, de claveles, de orquídeas, de prímulas, de fucsias, de camelias, de tulipanes, de petunias, de crisantemos, de gladiolos, de pensamientos, de iris, de azucenas, de begonias, de peonias, de hibiscus, de margaritas, de jacintos, de aves del paraíso, de lirios, de clivias, de zinnias, de daturas, de gerberas, de edelweiss, de freesias, de ciclámenes, de geranios, de jazmines, de anémonas, de azaleas, de dalias, de capuchinos, de girasoles, de violetas, de alegrías, de pasionarias, de amarillis, de clematis, de narcisos, de eléboros, de lisianthus, de arco iris, de kalanchoes, de lavateras, de bulbos, de gazanias, de amapolas, de lupinos, de monardas, de romúleas, de xolanthas, de cleonias, de salvias, de alliums, de bellardias, de junquillos, de lotos, de lunarias, de madreselvas, de magnolias, de nenúfares, de nomeolvides, de mirtos, de mimosas, de campanillas, de centáureas... Y no me arrepiento de ello. Además nos va estupendamente. Sobre todo desde que Marcos se hace cargo de la tienda. Que no cariño. No me pongas esa cara. Nunca te he engañado ni con Marcos ni con nadie. Aunque sea una monada de niño. Además, ¿tú me has visto despegarme de ti alguna vez? Si no te dejo ni respirar. Ni ir al baño tranquila. Si soy tu sombra. Tu cuerpo que se mueve a través del mío. Tus palabras que se escuchan a través de mi boca. Tus sentimientos que siento a través de los míos. No sé qué haremos el día que nos hagamos mayores juntos. Lo intenté, pero...

Y afortunadamente vivimos los cuatro del negocio. Sin ahogos. Sin problemas. Pablo tenía razón, aunque fuese por una sola vez. Por cierto, nunca supe más de él. Cuando me escucho a veces nombrarle, tal vez reconozca que sí, que estuve enamorado. No, tranquila, no te preocupes. ¿Sabes? siempre aprendí que lo que no valoras y lo pierdes, no vuelve. En la vida no hay segundas oportunidades. Hay otros momentos. Diferentes. Con otras personas. En otros ambientes. En otros contextos.

Y sería injusto arrepentirme de algo. Lo sería contigo. Porque, tal vez por la discusión de aquella primera noche, el destino me puso a tu lado. Ha sido duro. Pero también he sabido valorar tu esfuerzo. El que haces todos lo días después de tanto tiempo para seguir viviendo. Sé, que yo en tu lugar, tal vez no hubiera tenido tanta fortaleza. Tampoco hubiera sabido cómo decirte "mátame, acaba con esta mierda de vida que llevo". No lo sé. Igual que tampoco sé, si tú lo has pensado alguna vez. Porque cada vez que te planteo esto, ni lloras ni ríes... No sé nada... De nada... Te dejas hacer desde hace... Debemos llevar un tiempo juntos. A veces enumero todas las cosas para ponerle fechas a los momentos. A tu lado, el tiempo se mide de forma diferente. No sé si a ti te ocurre lo mismo. O simplemente se paró una noche y desde entonces vives y me haces vivir fuera del tiempo. Vivimos nuestro tiempo. Sé que fuera la noche se hace día. El día, noche. Que pasan las estaciones porque enciendo la calefacción o la quito. Que suceden cosas en el mundo porque así lo dice el telediario. Que tenemos dinero para comer y seguir viviendo porque Marcos se encarga de todo. Que existen otras personas porque nos llegan noticias de ello a través de la televisión. De los clientes de los que nos habla Marcos casi todos los días que viene a visitarnos. Nuestra única visita. Como si el exterior sólo existiera a través de terceras personas que nos hablan de él. Salvo aquel año que entre una cosa y otra íbamos constantemente al médico. Al hospital. Pero todo se resolvió como se resolvió y el exterior quedó allí fuera, tras los cristales a los que me asomo constantemente para ver como llueve, como nieva, como luce el sol, como pasea la gente acompañada, solitaria, en coche, andando o en moto o en bicicleta. Tal vez hubiéramos debido airearnos de vez en cuando. Pero no lo hice. Te protegí tanto que me olvidé de un mundo más allá de estas cuatro paredes. Aunque fuera por Felicidad. Pero no, tampoco por ella. Hasta los cientos de libros que leemos juntos que nos vienen a través del correo. Hasta la comida a través de las entregas a domicilio. Aislados. Inmunes. Como si temiéramos el dolor ajeno. Como si ajenos, evitáramos envejecer junto a ellos. Pero no, Alegría. Envejecemos ante el espejo. Nuestros cuerpos no son lo que eran hace unos años. Me siento cansado. Pero mañana amanecerá de nuevo, volveremos a desayunar los tres juntos, a comer, a leer, a ver alguna que otra película, a cenar, recibiremos la visita de Marcos que nos pondrá al día sobre lo extraño a nuestras vidas, a ver cuántos niños siguen muriendo todos los días en otros mundos sin que nadie haga nada por evitarlo, la del supermercado con la comida, la del cartero que nos trae más cosas que leer… Todo sigue adelante Alegría, a pesar del silencio. A pesar de Felicidad que nos acompaña en tu mismo mutismo, en tu mismo entumecimiento, desde que nació hace ya cerca de dos años.

Me gusta veros sonreír…

SOLEDADES

La existencia se extendía a las personas que eran capaces de compartir. La ausencia, a las que solamente repartían soledad. Los cuerpos se iban desvaneciendo con el transcurso de los días si no eran capaces de abrir las puertas de sus casas, dirigirse a la vecina de enfrente para pedirle un poco de café; de departir sobre la última película que pasaron ayer noche por Canal Sur; de conversar sobre lo imposible de los precios en el mercado; de dialogar con sus seres queridos sobre cómo había ido el día tras una dura jornada, en vez de tumbarse en el sofá para esperar la comida sin más; de cogerse de la mano para cruzar el centro de la ciudad en un día de sol con un eterno paseo; de besarse en cualquier esquina simplemente porque están enamorados; de hacer el amor antes de encontrar el sueño porque se siguen deseando cada noche a pesar de los treinta años de matrimonio…

Desfallecimiento que los médicos diagnosticaban como una falta de adaptación a la vida feliz en sociedad, sin otro tratamiento que entregarse sin condiciones a los sentimientos por el otro: hable, converse, comparta, sonría, dialogue, abrace, acaricie, bese, haga el amor… Era la única medicina posible.

Las personas que eran incapaces de hablar, de conversar, de compartir, de sonreír, de dialogar, de abrazar, de acariciar, de besar, de hacer el amor, eran desahuciados médicamente, ignorados en las urgencias de los hospitales y de los centros de salud, reenviados a sus casas, para que encerrados en su aislamiento, pudiesen esperar su final definitivo: un último desmayo que les dejaba sin aliento sobre la cama, sobre la silla en la que cenaban en su abandono más absoluto, sobre el sofá mientras aguardaban el instante del óbito, sobre el asiento del coche... donde les pillara el momento. Después, una furgoneta que retiraba definitivamente sus despojos, para deshacerse de ellos en las incineradoras de desechos "no humanos" que rodeaban en aquellos tiempos las ciudades.

Alex era consciente de que no le quedaban más de dos meses de vida.

Salió un día del trabajo, donde tampoco era bien visto y que conservaba por el escaso sueldo que percibía por hacerse cargo de los archivos de la empresa en un sótano abandonado y polvoriento, para encaminarse a su casa. Allí se afanó en preparar su equipaje, lo justo para lo que él consideraba el tiempo que le restaba. Sacó un billete para el primer avión disponible a París, así como todos los ahorros que había amasado en sus años de servidumbre.

En un par de horas escasas, la aeronave posaba sus ruedas sobre la terminal de Orly. Otras dos más para lanzarse en su último paseo por las empinadas rampas de Montmartre: Tholozé, Lepic, Girardon, Saint Vincent, Mont Cenis, Tertre... Un recorrido que le recordaba aquella juventud perdida en la que cada instante era una felicidad junto a Silvia. Aquella chica rubia de ojos azules a la que conoció en las zigzagueantes callejuelas de entonces, de la que un día se alejó por su incapacidad para comprometerse. Años de recuerdos, de evocaciones, de recordatorios, de reminiscencias, de maldiciones, incluso hacia sí mismo. Como intentando con aquella caminata, con aquel regreso tardío, no sólo aguardar su final cercano, sino también agarrarse por todos los medios posibles a alguna ilusión, como si los sueños de amor pudieran devolverle la energía suficiente para seguir despertando todas las mañanas. Una tarde, una noche, una mañana siguiente, otra tarde, otra noche, otra mañana siguiente. Chappe, Cardinal Dubois, Mont Cenis, Paul Feval, Saule. Jornada tras jornada mientras se iba desvaneciendo su fe, su ánimo, su esperanza, su anhelo, también su misma vida inexistente que le dejaba en el mismo arcén de los huraños, sin fuerzas siquiera para seguir alimentándose, para seguir buscando, caminando, persiguiendo falacias que no le conducían más allá de Pigalle, hasta su propio hotel, donde los segundos recorrían a toda prisa la esfera de su reloj de pulsera.

Otras mañanas, otras tardes, otras noches, en su peregrinar incansable por aquellos rincones, por aquellos parajes cubiertos por un cielo gris, plomizo, sombrío, grisáceo; en contraste con aquellas otras bóvedas azuladas, soleadas, radiantes, claras, luminosas, agradables, cálidas, alegres… aquellos firmamentos que cobijaban las conversaciones de los niños jugando al escargot en la plaza de la Rue Burq, a los vecinos conversando de balcón a balcón en la calle Berthe acerca de la maravillosa primavera que se aproximaba, a los pintores de la plaza del Tertre mostrando sus mejores sonrisas a los rostros que iban pincelando en sus acuarelas, en sus carboncillos, en sus óleos, en sus ceras o en sus pasteles; a las parejas que se besaban con pasión a la vista de todos bajo cualquier árbol cercano al Espace Dalí de la calle Poulbot, o abrazadas en las empinadas escaleras de la calle de Maurice Utrillo… Dos celestes que se solapaban en un mismo territorio, de la misma forma que en todos los continentes posibles, conviviendo amistosamente conscientes de cuál era el rol que le correspondía a cada una de ellas.

Caminatas interminables sin apenas fuerza en sus piernas, ni brío, ni energía, ni vigor, ni resistencia, ni fortaleza, ni firmeza, ni solidez; tampoco en su espíritu, que se tambaleaba con el transcurrir de las jornadas sin más presencia que la de tibias imágenes que brotaban de su maltrecha memoria desde algún lugar recóndito: un rostro desdibujado por los años, una larga melena rubia, unos ojos celestes, unos largos paseos por aquellos rincones, una huida arrepentida por no tener valor para afrontar la realidad entonces, un regreso al vacío que se eternizó hasta la enfermedad, recluido en el sótano polvoriento de su trabajo, entre los libros de su biblioteca somnolienta, entre las cervezas consumidas en soledad en cualquier barra desierta, entre los fracasos que se sobrevinieron uno tras de otro sin poder alejar de sí los efluvios de aquellos momentos dejados atrás voluntariamente.

Sabía que el tiempo se le agotaba, al igual que su ánimo, mientras millones de personas en todo el mundo se entregaban por completo. El bebé agarrado al pecho de su madre, el niño a su primer amigo de colegio, el adolescente a su primer beso, el joven a las ilusiones de una vida por delante, la persona mayor a los largos paseos cogido de la mano junto a su compañera de tantos años de historias en común, como no podía ser de otra forma.

Lo que no sabía Alex, es que muy cerca de allí, una mujer había sobrevivido al paso de los tiempos por su entrega más absoluta a las imágenes de sus recuerdos de juventud, al amor nunca apagado a pesar de la distancia, a la esperanza de un reencuentro. Levantándose todas las mañanas desde el día siguiente del adiós, que fue siempre para ella un hasta pronto, para colocarse delante de su espejo y componer su larga melena rubia, jugar con sus pinceles para decorar su bello rostro, su labios de un rojo pasión, buscando las mejores galas en su ropero y subirse a unos zapatos de tacón alto, despidiéndose con una inmortal sonrisa delante del cristal de su cuarto de baño, e ir en su búsqueda, aquella plaza de la Rue Burq, donde todos los días en el mismo banco, se sentaba esperando su regreso, siempre con un libro entre sus manos, como aquella "Chica del árbol", como Aomame en 1Q84, aguardando que una de las dos lunas desapareciera del firmamento, sólo entonces oiría sus pasos cercanos, a menos de quinientos metros, de cien metros, poder descubrirle acercándose, con aquel pantalón vaquero, con su camiseta azul Mediterráneo, con aquella chaqueta negra abierta, con aquellos zapatos sport de color rojo, con aquella pelambrera ensortijada, con aquella mirada perdida buscándola por todas partes. A menos de cincuenta metros, de diez metros, a tan sólo unos pasos de ella, levantando sus ojos para descubrir los de Silvia, aquellos ojos transparentes irradiando dulzura, bondad, ternura; aquella cabellera rubia, aquel cuerpo por el que no habían pasado los años sentada en aquel banco con un libro entre sus manos, con sus piernas cruzadas, desnudas, invitándole a sentarse a su lado, a cogerle de la mano, a devolverle la sonrisa, a abrazarla como si sus cuerpos nunca se hubiesen separado, a besarla devolviéndole de aquella manera la vida en el último suspiro, rescatándole de sus soledades enquistadas, para encaminarse juntos en aquel primer paseo por aquellas calles de Montmartre, como entonces, como mañana, como siempre: Burq, Des Abesses, D'Orsel, Dancourt, Chappe, Cardinal Dubois, Maurice Utrillo, Charles Nodier, Seveste, Rochechouart. En busca de aquella habitación donde se desnudaron, donde no dejaron de mirarse uno al otro, de acercarse, de acariciarse, de abrazarse, de besarse, de fundir sus cuerpos hasta caer rendidos, hasta el alba, hasta aquella inmensa luz que les hace abrir los ojos en su primer día penetrando a través del amplio ventanal.

Fuera, un mundo a sus pies, una vida por delante, un sol esplendoroso en todo lo alto. En el espejo, una vitalidad recobrada sin punto y aparte.

Era invierno.

Él dormía, como todas las noches desde hacía un tiempo, en el banco de un pequeño parque. Durante el día rehuía aquel enclave tan concurrido, perdiéndose por otros rincones más tranquilos de la ciudad: de los pequeños que hacían su presencia en busca de los columpios, de los mayores que sacaban a pasear a sus perros, de los que buscaban la sombra de la arboleda en los meses de verano, de los que se acercaban con un libro entre sus manos tanteando un instante de sosiego, de los que a una hora determinada utilizaban un banco como cobijo para su almuerzo, de los que simplemente lo utilizaban como lugar de paso, sin detenerse, hacia otras direcciones...

Pero la noche era suya, en exclusividad. Sobre todo cuando comenzaba a caer la temperatura, cuando la luz natural volvía a esconderse hasta el día siguiente, con el único destello de una farola amarillenta que transmitía más sombra que luminosidad, a pesar de las guirnaldas de pequeñas bombillas de colores que iban adornando los árboles, de los tendidos de luces de las calles cercanas con sus mil formas geométricas y diverso cromatismo.

Faltan tres días y a eso de las once de la noche el mundo se despoblaba para hacer vida de familia en el interior de las viviendas.

Disponía un amplio cartón sobre uno de los bancos de piedra, se tumbaba sobre él, se colocaba sobre sí una manta de lana a rayas amarillas, marrones, anaranjadas. Mirando hacía un cielo que no paraba de moverse, de la misma forma que el tiempo en las horas pausadas del crepúsculo.

Sin dejar de encender un cigarrillo tras otro, como si el calor que desprendiera al encenderlo le sirviera para mitigar la frigidez de la temperatura.

Así una noche tras otra.

Era veintitrés, vísperas... En el silencio de una hora tardía la vio aproximarse, como una sombra, como un fantasma, como un duende, como un espíritu, como una fantasía. No había bebido para nada. No cambió la pose sobre el banco, tan sólo alzó la cabeza ligeramente para seguir sus movimientos; tan reales como el humo que desprendía sin cesar de su pitillo. Cada vez más cercana. Una figura femenina, una melena que le colgaba por debajo de los hombros, amplia y suelta, sin distinguir todavía su rostro, sólo un cuerpo embutido en un abrigo oscuro que le cubría hasta medio muslo, nada más, como si debajo no llevara nada puesto, al menos unas medias que cobijaran sus largas piernas del frío, subida sobre unos altos zapatos de tacón. Paseaba con parsimonia a poco más de un metro de distancia del banco, como si desfilara en exclusividad sobre una pasarela, sin poder remediar mirarla fijamente, seguir con sus ojos su presencia, su caminar, su recorrido hasta verla alejarse y desaparecer de su vista. Unos diez o quince minutos solamente antes de volverla a ver haciendo el trayecto inverso, rompiendo entonces el trecho que les separaba, para situarse frente a él, dirigirle no sólo la mirada sino también la voz.

– ¿Te importante que me siente a tu lado?

– En absoluto.

Incorporándose y recogiendo la manta mientras ella se acomodaba junto a él.

– ¿Nos tapamos? Tengo un poco de frío en las piernas.

Colocando la manta sobre las piernas de ella, de él también, compartiéndola sin más. Sin mirarse, sólo el gesto de sacar un cigarrillo de un paquete que llevaba aprisionado en su mano. El gesto de acercar un mechero al pitillo todavía virgen, el rostro de ella iluminado por la llama desprendida del encendedor. Un maquillaje claro, unos ojos oscuros, unos labios de intenso rojo. Sin más, sólo la mirada perdida en el frente, en el paisaje del parque solitario, en el cielo claro que les cobijaba. Sólo verla echar el humo a su lado, acercarse la boquilla a sus labios, lanzarlo hacia delante una vez terminado escasos minutos después, haciendo el gesto de despojarse de la manta, devolvérsela sin decir nada, sólo acercando sus labios a su mejilla izquierda para darle un beso, para despedirse con una breve frase:

– Gracias. Que pases una buena noche.

La vio alejarse con su caminar tranquilo y acompasado, desaparecer de su visión para dejarle únicamente con su recuerdo, con su imagen de fantasía que le acompañó en sus sueños de aquel veintitrés de diciembre, vísperas, también durante todo el día siguiente deambular por el resto de la ciudad que preparaba los festejos de aquel día tan especial, de aquella oscuridad que volvía antes que las noches precedentes, cena en familia, entre amigos, entre personas cercanas, entre seres queridos.

Su rincón solitario, su manta de lana de colores, su cartón sobre el banco, su cigarrillo en la mano izquierda, una botella de vino de marca porque es Nochebuena, sentado, ocupando una parte únicamente, como si la esperara de nuevo, como si la llamara con su imaginación a voces, en silencio... Sólo unos minutos después, no más allá de las diez y media, fue directamente hacia donde él se encontraba, ocupando el espacio que él le había dejado, no sin antes depositar un nuevo beso en su mejilla.

Sentados uno junto a otro, compartieron la misma manta sobre sus piernas como la noche anterior, un trago de la misma botella que él le ofreció, una llama con la que encendió su cigarrillo, una frase que parecía romper el encanto de sus silencios en Nochebuena.

— ¿Por qué vienes una noche como ésta a estar conmigo aunque sólo sean unos minutos?

— Para compartir nuestra libertad.

Fundiéndose en un abrazo fijo, antes de suceder lo que tuviera que suceder instantes después, que no sabemos, porque la imagen se iba alejando, iba retrocediendo poco a poco. Plano general de una ciudad encendida por las luces de Navidad. Calles solitarias.

UN INSTANTE DE VIDA

Era un frío día de comienzos de invierno.

Su madre había decidido parir en casa. Tumbada sobre la cama de matrimonio de aquella pieza única que hacía a la vez de dormitorio y de salón. Una sábana blanca colgada sobre una cuerda amarrada a un cáncamo atornillado a cada pared, separaba el lecho de la parturienta del resto de la vivienda.

Era una mujer de unos treinta y cinco años. Rostro algo desencajado y sudoroso por el esfuerzo que no paraba de lamentarse. Otra, que humedecía paños en una palangana blanca, acercándoselos a la frente. Otra, con el pelo completamente encanecido y un rodete sobre la cabeza a modo de recogido, que a su lado intentaba consolarla cogiéndola de la mano, que intentaba calmarla con frases de aliento. "¡Ay, hija, empuja fuerte que ya queda menos!" Otra, con una bata blanca y algo más joven, que ejercía de matrona. Otras, alrededor del lecho, haciendo las veces de corte de plañideras que esperan el acontecimiento para anunciar al vecindario el nacimiento. Sólo mujeres, mientras algunos hombres esperaban al otro lado de la cortina, en la misma puerta de la vivienda, en el patio de vecinos sobre el que caía, a aquellas horas de la noche, una despiadada humedad que se combatía con un enorme caldero de latón de leña encendida, con unas botellas de aguardiente y de coñac dispuestas sobre una mesa de madera.

Quejidos y lamentos anunciando la buena nueva. Como un nuevo misterio ocurrido en Belén, cuatro días después de muchos años antes.

Las luces amarillentas del largo pasillo sobre el que se desplegaban las sucesivas puertas de madera. Las cocinas de gas apagadas a aquellas horas intempestivas. El interminable barandal de hierro verde sobre el que se apostaban algunas figuras masculinas en la larga espera, contemplando el cielo claro que les observaba desde la distancia, agotando los cigarrillos de liar que se sucedían sin apenas pausa. Los escasos adornos de Navidad que intentaban reafirmar un momento del año, la ausencia de algunas familias menos pudientes, alguna guirnalda de colores, algunos juegos de luces fijas, algún árbol de pequeño tamaño, de plástico, algunas bolas descascarilladas colgando de las puertas junto a un manojo de muérdago natural.

No había establo, ni animales decorando el portal, ni siquiera un ángel anunciando el nacimiento, sólo una voz proclamando que el niño había asomado la cabeza por fin. Sí, un varón.

El primer llanto al sentir los golpes sobre las nalgas, provocando los primeros síntomas de vida. Después, el calor del cuerpo de la madre adosado al suyo. Unos ojos completamente abiertos, fijos en las imágenes que le rodeaban: aquellas mujeres con la mirada fija en él, aquella habitación destartalada, aquella luz amarillenta y desnuda colgada del techo, aquella sábana que le separaba del resto del mundo que le esperaba a partir de entonces. Como si realmente fuera consciente de aquella realidad más amplia, frente a aquellas paredes sin esquinas, blandas, que le habían cobijado durante tantos días atrás, que le habían servido de protección, de sustento, sin la necesidad de tener que subsistir por sí mismo, sino a través de la existencia de otra persona.

146

Se descorrió la cortina entonces. Las dos realidades separadas se hicieron una sola. El amparo era ahora menor, había llegado el momento de tener que respirar por sí solo, de recorrer el camino que le debería conducir a alguna parte.

No cesó el deambular de personas para adorar al niño, mientras sonidos de cantes llegaban desde el patio donde celebraban la nueva vida, la que llegaría cuatro días después. Navidad, 1965.

Agarrado al voluminoso pecho se alimentaba por primera vez. Sin dejar de aprehender las instantáneas que conformaban su nuevo entorno.

Se durmió, cerrando los ojos sobre el cuerpo de la madre. Recorriendo los primeros recuerdos de aquellos primeros instantes, de los que vendrían después en los sucesivos momentos. Tan consciente como si la vida no hubiera comenzado aquella noche, como si no fuera la primera vez, como si fuera la consecuencia de otra pasada, como si aquella fuera la única pieza que le faltaba en su puzle de recuerdos, rememorada aquella noche para completar la totalidad de su existencia. Alusiones e imágenes que se agolparon en su mente durante aquella primera noche.

Cuando sintió el dolor al caer al vacío desde lo alto de la cama y aquel llanto desconsolado, hasta que una mano amiga le recogió para devolverlo de nuevo a su sitio.

Cuando descubrió que tenía piernas sobre las que poder incorporarse y comenzar a caminar, explorar el tacto de las cosas al rozarlas con sus diminutas manos.

Cuando se dio cuenta que no estaba solo, que otro niño mayor que él le llamaba hermano.

Cuando aprendió a jugar con pequeñas fichas de colores que pinchaba sobre una superficie de plástico, formando dibujos.

Cuando divisó el azul del cielo mientras caminaba de la mano de su madre, de su padre, de su hermano, una mañana de domingo.

Cuando se sintió abandonado por primera vez una mañana de un mes de septiembre, mientras su madre le dejaba a las puertas de un convento junto a otros pequeños que también lloraban como él. Convento de San Cayetano. Un inmenso patio floreado. Vastos espacios con mesas y sillas donde se agolpaban otros niños desvalidos, mientras sus padres acudían a trabajar. Ahí sintió la cercanía, también la confianza en algunos, el recelo hacia otros. Era la primera enseñanza respecto del largo camino que le quedaba por delante.

Cuando fue siendo consciente de que, con el paso de los días, de las semanas, de los meses, iba creciendo, cambiando de colegio, de compañeros, de hábitos. Siempre rodeados de niños, de juegos: las canicas con los hoyos escavados sobre el albero de la alameda, los partidos de fútbol con las porterías marcadas con piedras, el salto a piola donde el burro siempre era el más entrado en carnes, el escondite, el yoyo, el trompo… siempre en la calle, hasta el anochecer, era su espacioso patio de recreo.

Cuando se fue percatando de que todo aquello no era lo suyo, que mientras los otros se divertían en la calle con sus mil juegos o juguetes, él prefería quedarse en casa con las historias escritas en las páginas de los libros. Como aquellas que el marido de su *tata* –aquella señora siempre vestida de negro que tantas veces le hacía compañía desde pequeño en ausencia de sus padres– caligrafiaba sobre cuadernos de páginas cuadriculadas todos los días, aquellos bolígrafos de tinta azul recorriendo con perfectos trazos de un estilo virtuoso, rellenando hojas y hojas en blanco de las noticias que copiaba de los periódicos. Nunca llegó a comprender aquella tarea tan rutinaria, tan insulsa, reproducir a mano los diarios, si ya estaban escritos, como si quisiera aprender el contenido a través de la escritura, no olvidarse un día de la tarea de escribir, rememorar momentos con el miedo a perder pronto la memoria. Así era Manuel, con su chaqueta gris y su boina de viejo, siempre callado detrás de sus libretas de tapa azul rugosa, hasta alta horas de la noche.

Hasta hacer suya una idea: tras aquellas historias escritas había personas que trabajaban para inventarlas. Así es como decidió convertirse en inventor de relatos; no reproduciendo los de otros, como Manuel, sino creando los suyos propios. Tan joven y adolescente se veía en el sueño único de aquella primera noche, no debería tener más de trece o catorce años cuando, encerrado en su habitación, bebía de las palabras de los demás. Su paga, la que por entonces comenzó a darle su padre para que se tomara algo con sus amigos, se le iba en aquellos objetos cuadrados repletos de letras impresas; mientras, al caer la noche, aprovechando que los demás dormían y para no molestar, llenaba sus propios cuadernos con sus propios vocablos.

Pero también cuando llegó a conocer a su primer amor, el tacto de la mano de la otra persona cogiendo la suya, el sabor de sus labios al acercarse por primera vez a los suyos, la mirada fija en los ojos mientras se decían palabras cargadas de sentimientos, deteniendo el tiempo sin querer ir más allá, sin romper la presunta inocencia de la recién alcanzada juventud… No quisieron cruzar el umbral de los roces, de las caricias, de los abrazos, de las palabras, de los besos, escribiendo sobre ello en forma de versos escritos con un bolígrafo de color azul, para él, siempre para él, como si al poder hacerlos visibles pudieran despedazar el encanto, hacer naufragar sus sentimientos.

Cuando sintió el dolor al comprender que los momentos no perduran, que los afectos igual que afloran pueden desvanecerse, que las personas que hoy cruzan nuestros caminos mañana toman otro diferente; las lágrimas desconsoladas, las poesías cargadas de llantos y de lamentos, los encierros en su cuarto con la cabeza bajo la almohada por el pudor de ser descubierto en aquel estado anímico.

Hasta descubrir que daba igual, que la vida te tiene reservadas otras oportunidades, descubriéndola una mañana de mayo en una estación cercana, un simple beso en las mejillas, un paseo uno al lado de la otra hasta el café más cercano, hasta sentarse uno frente a la otra, hasta que la otra se levantó en un momento dado, y antes de desaparecer, buscó sus labios bebiéndose sus sentimientos durante largo rato…

Cuando al abrir los ojos, tras aquella única noche de actividad intensa, de fotogramas sucesivos de toda una vida que no había podido tener en un único día de existencia, como tratándose del recuerdo de una vida pasada, el cuerpo de alguien durmiendo junto a él, que no era su madre en su primer día de parturienta, un torso adulto pero distinto de aquel que le había traído la noche anterior, para levantarse de la cama y descubrir cuánto había crecido en aquellas pocas horas, como si toda su vida hubiera pasado por delante de su memoria en ese lapso de sueño.

En el almanaque de la cocina comprobó que andaba cerca de los cincuenta años.

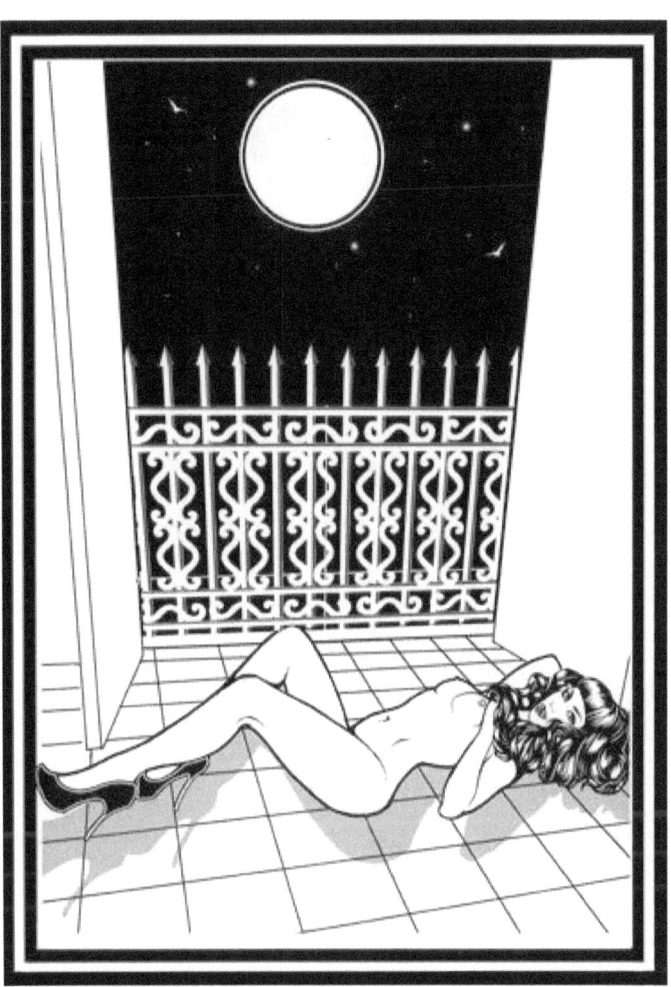

UN DÍA VOLVERÁS A SONREÍR

Un día me dejaron en uno de esos "Puntos Limpios". Uno de esos lugares donde la gente deposita todo aquello que no se puede tirar en el resto de los contenedores clasificados por colores (azules, verdes, amarillos, naranjas o marrones…). Y tenía que ser complicado saber qué hacían conmigo, porque durante dos semanas pasaron por delante de mí una variedad de camiones de todo tipo recogiendo un sinfín de desechos siguiendo las clasificaciones ecológicamente establecidas.

Lo que tampoco sé es cómo llegué hasta allí. Si alguien se encargó de abandonarme en aquel lugar, o bien lo hice por mis propios pies. No lo sé. De lo único que me acuerdo es que una mañana abrí los ojos en aquel sitio un poco desordenado, aunque limpio. Por algún motivo tendría que llamarse así. De pronto me encontraba rodeado de electrodomésticos, de muebles de madera, de recipientes de aceites de todo tipo, de ropa, de zapatos, de envases de aerosoles y otros productos peligrosos, de equipos electrónicos… Allí estaba yo también. Tal vez, dentro de la categoría de "otros", o bien de "residuos inclasificables", o de "desperdicios indefinibles, o puede que de "sobras imprecisas de valorar".

No sólo no recordaba como llegué hasta ese punto, sino tampoco qué había sido de mi vida los días precedentes, los días, los meses, los años, mi existencia hasta ese nuevo despertar. Por mucho empeño que pusiera en el intento.

Pero pasaron esos días sin pena ni gloria hasta que una furgoneta se detuvo delante de mí. En el lateral un letrero que me traía algún recuerdo, *"Sociedad protectora de seres humanos"*. Durante el largo trayecto hacia un destino desconocido me vinieron repentinamente dos imágenes a la mente. En primer lugar, aquel letrero. Idéntico al que figuraba en un relato que había leído recientemente, *"El tablero de ajedrez"*, no recuerdo de qué escritor. Como si estuviera viviendo en mis propias carnes la continuación de aquella narración. Una segunda representación, la de una película, donde una persona utilizaba una cabina de teléfono para hacer una llamada, y al intentar salir, se percataba de que se había quedado encerrado en su interior sin ninguna posibilidad de escape a pesar de todos los intentos. No por lo de la cabina de teléfono, sino por lo que vino después, al final del trayecto. Mi destino. Pero el mío, aun teniendo un cierto parecido con el que la película, mostraba una aire menos desolador. No era igual una nave repleta de cabinas telefónicas con resto humanos que habían encontrado su desenlace sin conseguir salir del aquellos habitáculos diminutos, que otra completamente vacía donde me habían conducido. Aquello me alivió un poco, como si las mías fueran las primeras sobras depositadas en un Punto Limpio. Siempre sería mejor que ser abandonado en una cuneta, o en un vertedero troceado, qué ideas más macabras se me estaban viniendo a la cabeza.

Allí me soltaron, dejándome un largo tiempo en la oscuridad, en el silencio. Era evidente que no necesitaba nada: las sobras, los desechos, los desperdicios, ni se alimentan, ni se bañan, ni tienen otras necesidades fisiológicas; son simplemente restos, en mi caso humanos. *OFF*, desconectado, interrumpido, desenchufado, más allá de aquel relato que me vino a la memoria, de aquella película que tampoco daba para mucho.

Algunos días más tarde se me acercaron dos tipos, me sentaron en una silla de ruedas y me llevaron a un lugar que me devolvió un tercer recuerdo: el de un quirófano de hospital. Aunque casi puedo asegurar que nunca estuve en uno de ellos, sé que siempre me los había imaginado así. Tampoco debe resultar tan complicado hacerse la idea de algo que sale tan a menudo por la televisión. Una vez en aquella habitación, me depositaron sobre una camilla, y sin necesidad de anestesia, un tipo con una bata blanca empezó a trabajar conmigo como si se tratara del *Dr. Frankenstein*, otra imagen que me vino repentinamente, como si parte de mi memoria estuviera regresando al contacto con las nuevas realidades con las que me iba cruzando. Sé que estuvo toqueteando mi cabeza, primero superficialmente, después no tanto, tras escuchar el sonido de una sierra mecánica, del que no quería pensar su función, pero estaba en sus manos. Posiblemente ahí perdiera la conciencia.

Al despertar tiempo después, sí comencé a sentir dolor, como si estuviera recobrando los sentidos perdidos. La sequedad de la boca. Un ligero gusanillo en el estómago como necesitando un poco de alimento. El *Dr. X* parecía haberme reconectado, reconexionado, reenchufado, *ON*.

Una furgoneta me devolvió a la ciudad, depositándome en un lugar que no había visto antes. En su entrada, un inmenso cartel indicando de forma visible: "Punto de recogida". Detrás de un mostrador, me estaban esperando. Una mujer bastante guapa a la que no recordaba haber visto con anterioridad. Me dio dos besos y me invitó a montarme en un coche. Dentro, me sonrió, cogió mi mano con dulzura y me dijo directamente a los ojos:

— Gracias por regresar, ahora podrás volver a sonreír.

UNA NUEVA HISTORIA

A Peggy

Tuvo que haber sucedido aquella noche.

Cuando Abrió los ojos no recordaba haber escuchado en ningún momento la alarma que le anunciaba que era la hora. Aun así, se incorporó ligeramente, miró a su izquierda hacia la mesilla de noche, en la que, entre otras cosas, el despertador había dejado de dar la hora.

Dio un salto de la cama, por el miedo de haberse hecho tarde y no llegar a tiempo al trabajo. Tampoco el interruptor servía para que se hiciera la luz. Miró el reloj de su muñeca, el tiempo había quedado anclado a las 3:00 horas.

A oscuras llegó hasta el cuarto de baño, donde sentado sobre la taza vació el líquido acumulado durante toda la noche.

Al levantar la persiana comprobó que amanecía, recorriendo toda la casa para hacer la misma operación, dejando que el máximo de luz natural penetrara a través de las ventanas.

Afortunadamente nunca le había dado por cambiar su cocina de gas butano. Así que preparó su cafetera *moka*, de esas de acero inoxidable o aluminio que dan mejores resultados que todas las modernas, por muchas monodosis que utilicen o muchos actores que las anuncien en televisión.

Ya sí se sentó sin prisas a degustar un desayuno. No sabía qué habría pasado con la electricidad, pero tenía la excusa perfecta para llegar a cualquier hora a la oficina. Además, por la luz que entraba de la calle, no debía ser más allá de las siete o poco más. Qué coño, muchos llegarían tarde con la misma excusa.

Paladeó sin prisas, sin poder hacer sonar tampoco las voces de los locutores de radio que escuchaba todas las mañanas a la misma hora. No era posible, así que dio cuenta del veinticinco por ciento de calorías precisas para el día en silencio. Tomó una ducha a oscuras después y terminó por vestirse y dar dos vueltas a la llave antes de alcanzar la calle.

Sobre su muñeca, el reloj seguía detenido a la misma hora. 3:00 horas.

Afuera no hacía ni frío ni calor, una temperatura agradable para pasear en mangas de camisa o con una camiseta, según el estilo.

Una primera sensación: soledad, desierto, vacío. No divisaba ni un alma hasta donde alcanzaba su visión. Ni un ligero sonido que acercar a sus oídos. Paz, sosiego, calma, reposo, tranquilidad. Ni un vehículo a motor alardeando de cilindrada, ni el griterío infantil de los más pequeños a la hora de la entrada al colegio, ni el sonido de las persianas levantándose tras una ventana para intentar abrir la casa a la luz de la calle, ni el de las conversaciones cercanas o lejanas de dos personas que se cruzan en un punto determinado por casualidad, ni el de los tacones de las mujeres sobre el acerado, como si la palabra sonido hubiera sido tachada del diccionario, en la teoría y en la práctica también. De la misma forma que la rutina diaria de comercios cerrados a cal y canto, de bares ayer bulliciosos con el cierre echado, como lo dejaron el día anterior, y farmacias, y quioscos de prensa, y entidades bancarias, y oficinas, y escuelas, acercándose a los escaparates para ver las últimas novedades de la temporada, las rebajas definitivas de la anterior, sin que nadie se interpusiera entre la luna y nosotros, para nosotros solos, para A en este caso.

160

Neones completamente apagados. Ni rastro de existencia, de actividad. Menos mal que había desayunado.

Intentó hacer una llamada a sus padres con el móvil pero, como era de esperar, el aparato había pasado a mejor vida. Como parecía disponer de todo el tiempo del mundo, se encaminó al domicilio de ellos. El portero electrónico no iba a ser lo único en funcionar. Como eran mayores, un día se le ocurrió hacer una copia de las llaves, por lo que pudiera suceder. No había que pensar en lo peor, un olvido, un despiste, simplemente. Así que abrió la puerta del inmueble, subió los tres tramos de escaleras y puso la llave en la cerradura. Dentro, el mismo sosiego que lo embargaba todo, ni rastro de su madre, de su padre, sólo la impoluta imagen de aquellos sesenta metros cuadrados, ordenada, limpia, incluso manteniendo el perfume con el que vaporizaban el ambiente todos los días varias veces, cada cosa en su sitio, salvo ellos, como si se les hubiese tragado la tierra, se hubiesen escurrido por el desagüe de la bañera, o ausentado para volver enseguida. Si hubiesen ido lejos hubieran avisado, pensó. Claro, si hubieran tenido la oportunidad.

Sentado en el sofá del salón, miraba en derredor suyo la casa en la que había nacido, echando de menos tantos recuerdos: las fotos enmarcadas sobre el mueble bar, la televisión que les había regalado con su primer sueldo, los *suvenires* que les traía de sus viajes… Esperó un rato por si el teléfono sonaba, sin pensar en aquel momento en aquella fantasía, en aquella imposibilidad de pensamiento. No lo haría, estaba claro.

No sé qué tiempo pasó antes de volver a la calle. Pero de nuevo se encontraba a la intemperie, y allí todo seguía como lo había dejado minutos antes: sin vida.

A se puso a caminar como si tal cosa, dejando de cuestionarse, incluso, dónde se habrán metido todos, incluidos sus padres, como si estuviera viviendo en primera persona una versión exagerada de *El ángel extermi-nador*, en la que todos los protagonistas de aquella existencia presente se encontraran recluidos en alguna parte, desconocida por completo para A, y de la que no pudiera salir sin motivo aparente; mientras que él, A, se había convertido, por azar, en el único antagonista de aquella historia, al menos de momento, quedándose fuera de aquel relato, único habitante de aquella realidad exterior con la que debía compartir un mismo espacio y un mismo tiempo.

Sin hambre ni frío, sin sed ni calor, solo, en aquella planicie de construcciones abandonadas, como recuerdos de otra época, de otro mundo, paralelo o anterior, quién sabe, se le ocurrió dar un paseo a lo largo de la inmensa avenida que atravesaba la ciudad cortándola en dos mitades, la sur y la norte, la este y la oeste, según la ubicación de cada uno.

Un tiempo después, ni corto, ni largo, porque el reloj se había detenido en un momento dado, 3:00 horas, A abandonaba las últimas edificaciones, sin más visos de existencia que algún perro o algún gato rebuscando en los contenedores de la basura, en los rincones que formaban algunas callejuelas.

Sí, aquello sí que le había llamado la atención. El ángel había bajado para enjuiciar, en alguna parte escondida, a algunos de los seres vivos, a las llamadas personas, para olvidarse otros, no sabemos si deliberadamente o involuntariamente; pero allí les dejó sin prestarles demasiado interés, desconocemos si por miedo a que los animales, en su búsqueda desesperada de algo que llevarse a la boca, repararan en su presencia, o por cualquier otro motivo.

Por si acaso, él siguió su camino, y algo más lejos, más allá de la verticalidad de la ciudad, se abrieron inmensas explanadas de campos, de bosques, de lagunas. Sorprendentemente, la neblina que cubría el cielo había desaparecido por completo, brillando en todo lo alto un sol de postal o de fotografía artística, un sol que daba luz, pero que no calentaba con la intención de caldear la superficie de la tierra, por lo que la temperatura, a aquellas horas, resultaba agradable, afectuosa, seductora. Lo que ya no le resultaba tan chocante era ver el vuelo de las aves; ni las cabras, las vacas o las ovejas pastando en los campos; ni el graznido de los cuervos en alguna parte, ni el quiquiriquí de los gallos, ni el chillido de las liebres, ni los arrullos de las tórtolas... Siempre sin dejar de caminar, atravesando caminos, carreteras, autovías despobladas, poblaciones ausentes cuyos nombres seguían marcados en los indicadores, sin sentir, en ningún momento, cansancio alguno, tampoco necesidad fisiológica apremiante, como aquello no fuera más que un largo paseo desprovisto de tiempo, de personas, de fatigas.

Podría haber pasado un mundo de haber podido computar los segundos, los minutos, las horas, los días, las semanas. Pero, aparte de innecesario, le resultaba materialmente imposible, de no ser por la noche que seguía siendo noche tras un atardecer donde el sol se ocultaba en alguna parte, del amanecer que seguía despertando cuando el sol terminaba de desperezarse para volver a asomar su cabeza y convertirse en una parte más del paisaje, única luz transparente que permanecía intacta más allá del refulgir candente de los astros nocturnos.

Sabiendo donde estaba, pero sin querer pensar en el largo camino recorrido en busca de la nada, alcanzó la cima de una ligera montaña. A sus pies, un indicador del que sí quiso dejar constancia, Bolonia, abriéndose a partir de ahí una estrecha carretera bordeando matorrales, flores silvestres, vacas retintas. Nada más alcanzar la cumbre, la fotografía de un paisaje distinto a los que se había encontrado hasta ahora, un inmenso mar al fondo acompañado de sus arenales y de sus dunas. La misma tranquilidad de las poblaciones que había cruzado en su peregrinar inagotable, como si la habitación donde el ángel exterminador había secuestrado a todos los seres humanos fuese interminable en sus dimensiones, en algún rincón de este planeta despoblado o de cualquier otro.

Al alcanzar la playa, sólo el sonido de las olas al conquistar la orilla rompía el sosiego, mientras el sol comenzaba a caer con parsimonia tras la montaña cercana. Sólo unos pasos más adelante divisó una figura sentada al borde del mar, situada frente a él, como hablándole al oleaje, como si se tratara de una aparición surgida desde el propio fondo del océano. A pesar de no dar demasiado crédito a aquella alucinación, A se le acercó, intentando no hacer demasiado ruido. Al situarse a su lado, el espejismo seguía allí delante, sin moverse, tan sólo levantando la mirada al percatarse de su inmediación. En sus brazos llevaba un gato siamés, quieto, arrimado al calor de su cuerpo, que también levantó sus ojos al recién aparecido.

A se sentó junto a ella, contemplando los dos el horizonte lejano.

— Te estaba esperando, le dijo ella.

— ¿Por qué me esperabas a mí?

— Porque creo que solamente quedamos nosotros.

— ¿Tú sabes lo que ha pasado?

— No debo saber mucho más que tú, pero parece evidente.

— Me llamo A, ¿y tú?

— B

— ¿Vienes de lejos, B?

— Creo que no demasiado por el tiempo que has tardado en llegar.

— Lo siento, B.

— No pasa nada, las cosas ocurren porque tienen que ocurrir.

Mientras el sol agachaba la cabeza tras la inmensa duna situada a la derecha de su campo de visión, hipnótico, magnético, sugestivo; los dueños de la noche volvían a ocupar su espacio iluminando la superficie de las aguas.

A y B se levantaron de la arena. B recogió sus zapatos de tacón con la misma mano con la que tiraba de una cuerda de colores, con cariño, con la pausa que le demandaba su felino, su mascota. Con la otra mano buscó la de A, iniciando un camino a lo largo de toda la orilla, en busca de una nueva historia, que sin duda, debía de conducirles a alguna parte.

Yo entonces no era consciente de nada.

Con los años he ido hilvanando todos mis recuerdos y todas las palabras de mi madre hasta cerrar definitivamente la historia.

Ya en su vientre les oía gritar, intuía los presuntos golpes, incluso sentía los vaivenes del cuerpo de mamá al caer, aunque podía ser por cualquier circunstancia, por ejemplo que se hubiera caído por la torpeza de llevar una barriga a cuestas conmigo dentro, o la voz de papá implorándole que tuviera más cuidado dadas sus circunstancias... todo era posible.

Lo cierto es que un día vi la luz, asomé mi enorme cabeza por aquel pequeño hueco situado en la entrepierna de mamá, mientras ella no dejaba de lamentarse con insistencia. Recuerdo que había mucha gente con batas verdes o azules o blancas o de múltiples colores y también me puse a gritar, pues estaba acostumbrada a la paz del interior, ahora me aturdían aquellas luces tan radiantes y obstinadas. Me han recordado más de una vez que era tremendamente fea cuando nací, qué cabrones.

Después, una casa donde me metieron en una cuna de laterales elevados, sería por miedo a que la bestia pudiera escapar de su jaula y causara el pánico entre el resto de los mortales. Allí me quedaba, la mayor parte del tiempo sola, con una pequeña luz que me acompañaba, mirando constantemente el techo, no tenía muchas más opciones. De vez en cuando aparecía mamá y me ponía sus inmensas tetas en la boca para darme de comer, después llegaron los biberones, así hasta que consiguieron meterme una cuchara. Creo que era la secuencia habitual para cualquiera que haya venido al mundo alguna vez.

Tendrían que trabajar fuera de casa, y hablo en plural porque entonces sí tenía una persona a la que poder llamar papá, pero además me acompañaban otros rostros, que con la confianza y el roce, descubrí que eran mi abuela 1, mi abuelo 1, mi abuela 2, mi abuelo 2, mi tía 1, mi tía 2, mi tía 3, tíos ninguno, primos tampoco, hasta una chica de más corta edad que los anteriores que parecía ganarse la vida gracias a mi existencia y a la de otros pequeños. Pues eso, ellos no estaban siempre, pero cuando estaban la relación no podría considerarse como la de dos personas que teóricamente están enamoradas, al menos una de la otra y viceversa, podrían estarlo de otras terceras a las que nunca llegué a conocer, ni de las que tampoco se dignaron hablarme en la vida.

Siempre supe, a pesar de mi ignorancia, que se hablaban en un tono que no era el más adecuado. No sabía distinguir entre lo normal y lo inusual, pero tenía claro que no era la forma en que los demás se dirigían a mí: dulzura, afabilidad, suavidad, ternura. Más bien al contrario. Con los años descubrí que se reprochaban uno a otro todo tipo de cosas, que discutían por cualquier solemne tontería: por la ropa, por la comida, por tu madre, por la hora de llegar, por las amistades...

Ya en la adolescencia, ausente el macho, mamá me confesaba que cuando le conoció era una buena persona, de genio incontrolable, pero nunca terminó por írsele la cabeza del todo. Fue a raíz de la boda cuando comenzó a ver que cambiaba: que no la dejaba ponerse ciertas cosas, que sólo le faltó meterse en un *burka*, vamos, en una de esas prendas usadas por las mujeres en algunos países de religión islámica en el que sólo se te ven los ojos y los pies, que no la dejaba salir con sus amigas ni con sus compañeros, al menos a ciertas horas, como si el "verraco" impusiera el toque de queda a partir de las nueve bajo la pena de castigo... se volvió un celoso y manipulador de cojones. Mamá intentó aguantarle más allá de unos límites razonables, dándole una de cal y otra de arena, sin despertar a la bestia que llevaba dentro pero tampoco sin renunciar alguna que otra vez a un poco de aire fresco.

Desde mi enclaustramiento de madera sólo oía sus voces subidas de tono, después, desde mi cama de persona mayor, lo mismo. Pensaba que era una forma muy extraña de llevar una relación. Tanto, que pocos años después, cuando empecé a conocer a otros fuera de mis cuatro paredes, intentaba sondearles acerca de las relaciones personales de sus padres: los míos cenan casi sin hablarse; los míos ponen la televisión a todo volumen; los míos gritan al unísono en la oscuridad de su dormitorio; los míos se llevan todo el día dándose besos; los míos pasean cogidos de la mano siempre; los míos comparten las cosas de la casa, papá plancha la ropa también; los míos no existen; los míos no están juntos; los míos se dicen muchas cosas de forma privada para que yo no me entere; los míos dicen que se quieren o al menos se lo dicen mil veces todos los días... pero ninguno llegó a revelarme que discutían constantemente por todo, mucho menos que uno le levantaba la mano al otro por cualquier cosa, o que le empujara contra el sofá, o contra el suelo sin importarle que pudiera hacer daño a la persona amada, todo era un poco extraño y sorprendente, raro e inaudito, chocante e inesperado, insólito e imprevisto, singular y sorprendente. Pero pensaba que era la familia que me había tocado. Era algo que no se podía elegir, nacías donde nacías y te jodías durante toda tu existencia, peor hubiera sido nacer sardina, ocho años de vida como mucho —salvo que antes acabes en una barbacoa— alimentándome de plancton constantemente, conviviendo en inagotables bancadas de iguales, desplazándome de la costa hasta el fondo, depositando cincuenta mil huevos... qué triste hubiera sido. Pero tampoco podía considerar mi realidad divertida, ni ver mi futuro con optimismo, sabía que tarde o temprano los acontecimientos iban a converger en un punto de incertidumbre.

Inseguridad en la que vivía cada vez que llegaba a casa del colegio y me encerraba en mi habitación para hacer la tarea. Encerrada cada vez más entre mis cuatro paredes, aislada del devenir familiar que crecía por segundos en intensidad, en excesos, en furia... había noches que me quedaba dormida sobre la cama delante de un libro, historias anónimas que descubrí como por casualidad (y sin que nadie me las pusiera delante), me gustaban esas increíbles historias de amor que exploraba por mi cuenta, el contraste de todos aquellos personajes que se asemejaban a las historias que me contaban mis compañeros en el colegio, el amor que evidenciaban y que tenía la certeza de que deambulaban por otras latitudes, existiendo ciertamente en alguna parte, aunque no fuera entre las paredes de mi casa, pero en silencio, sin querer preguntar, sin intentar levantar mi escasa voz, mi oculta presencia donde ya no era la protagonista como hacía unos años, todo devino en ellos dos, en sus golpes, en sus gritos, en sus humillaciones, en los rastros que sobre todo dejaba papá en la piel de mamá acudiendo al trabajo con las gafas de sol puestas aún en los días de nublado y lluvia.

Hoy pienso que no entiendo el por qué no me hice un día autista... mis veinticuatro horas se resumían en mis clases, la comida con los abuelos maternos al mediodía, el encierro en mi cuarto con los deberes, las aventuras de los otros en las páginas impresas, la cena en el silencio y la soledad de la cocina cuando a papá le dio por llegar tarde a casa después de salir del trabajo. Era mejor, sin llegar a expresarlo en voz alta, como cerrar los ojos a la evidencia que se cocía en la intimidad de mis sueños, como evitando

172

conscientemente, o bien por el favor que me hacía el destino de evitarlo; las dos solas, sin decir casi palabra, salvo aquellas escasas conversaciones que siempre se centraban en los mismos temas: la lengua, las matemáticas, el conocimiento del medio, la educación física, la educación artística, el inglés, la educación musical, la educación para la ciudadanía antes que la quitaran del todo, también mis compañeros, mis profesores; después se añadieron otras más como la tecnología, la literatura, las ciencias sociales, geografía e historia, las ciencias de la naturaleza... siempre lo mismo, salvo algunos fines de semana en que compartíamos, con cada vez menos frecuencia, una película en la televisión, excepto cuando los pasaba con los abuelos no sé por qué motivo.

Es cierto que les agradecía enormemente que no montaran sus escenitas delante de mí, lo que no significa que no se produjeran. No era tonta... Mamá no podía ocultar de su piel los rastros de sus discusiones, por muy privadas que fueran. Había día después, luz, momentos en los que tenía que seguir compartiendo su realidad con los demás, conmigo también.

Pero los síntomas de aquella tarde no presagiaban nada bueno. Cenábamos las dos solas en la soledad de la cocina. En la televisión sin volumen el presentador parecía empeñarse en gritar las noticias de las ocho y media para que nosotros nos enteráramos de algo, sin conseguirlo. Mamá no se había quitado la ropa con la que había salido a dar una vuelta, siempre me decía que necesitaba un poco de aire, que se asfixiaba si no lo hacía, no sé si era una buena excusa, pero tampoco se lo llegué a preguntar nunca, lo de la vida de los mayores era algo que no me interesaba demasiado, ya me tocaría a mí vivirla en primera persona para tener que vivir la de los demás, por muy padres que fueran respecto de mí. Pero papá entró mucho antes de lo habitual, sin hacer más ruido que el de las llaves en la cerradura, el de la puerta cerrándose, el de sus pasos silenciosos hasta verle entrar en la cocina sin ni siquiera saludarnos, darnos un beso, bueno, tampoco lo hacía asiduamente. Ahí estaba con la mirada fija en su mujer, en su rostro maquillado, en su falda corta, en su camiseta de tirantas, en sus zapatos altos, acercándose paso a paso hasta tenerla a menos de medio metro, decirle sin cortarse un pelo que parecía una vulgar puta, si no le daba vergüenza estar así vestida delante incluso de su hija, alzando la voz cargada de insultos irrepetibles para mi edad, pero fueron muchos y bastante sonoros, pasando de las palabras a los hechos, de los agravios a los golpes cada vez con más fuerza por su cara, en la boca del estómago.

Creo que mamá estaba acostumbrada por la entereza de su comportamiento, sin llegar a caer, sin doblegarse lo más mínimo, sin decir una sola palabra, sólo la audacia de zafarse por un instante, abrir el cajón donde estaban los cubiertos, sacar un enorme cuchillo de jamón, de esos de gran longitud, de cuchilla larga, algo estrecha y afilada, y clavárselo sin pensárselo dos veces, sin inmutarse después por su acción, viendo la mirada fija de su marido delante de ella, sus ojos que iban ganando en turbiedad, su cuerpo que iba desplomándose hasta caer al suelo del todo, derrochando una sangre de rojo intenso que iba inundando el blanco enlosado de la cocina. Sé que me quedé atónita. Sé que no dije nada. Sé que me quedé allí hasta que mamá me pidió que me fuera a mi habitación... Sé que después escuché sirenas próximas, sé que llegué a pasar una temporada en casa de los abuelos, sé que mamá regresó un día, sé que no volvimos a hablar de todo aquello... hasta que cumplí los catorce años, fue el regalo que me hizo cuando le pregunté qué fue de papá, de los abuelos paternos, fue entonces cuando me contó cómo había sido su vida con él, casi desde que se conocieron hacía casi veinte años, cómo había soportado en silencio su miedo, su violencia de todo tipo a costa de su estúpido enamoramiento, cómo creyó que todo pasaría con el tiempo, creyendo incluso que cuando yo naciera se volvería más persona, más humano... aquello sólo duró unos meses, cuando todo volvió a la normalidad, a la rutina del día a día –me decía–, volvió a ser el de siempre, el que no la dejaba rebatir sus palabras, el que no la dejaba salir con nadie, el que no la dejaba vestirse de ninguna forma, el que no se llevaba bien ni siquiera con su propia familia, el que no me daba dinero tampoco para sacarte adelante, teniendo que volver al trabajo y dejarte con los abuelos a pesar de mi intención de criarte por mí misma hasta que cumplieras una edad razonable. Nada, resucitó la bestia que llevaba dentro, pasando de las palabras a los hechos, hasta aquella noche en la que llegó antes de la cuenta, sabía que cualquier día podía ocurrir, como si le estuviera esperando en la cocina, sin cambiarme ni nada, alimentándome de toda la fuerza y energía necesaria para hacer lo que estaba dispuesta a realizar, era su vida o la mía, pensé también en nosotras, aquello no era lo que tú merecías como hija, lo hice sin consultártelo, pero no tuve más remedio, preferí dejarte sin padre a que tú te quedaras sin madre un día, estaba convencida de ello. Después de lo que viste llamé a la ambulancia, sabía que no tenía solución, no sentí piedad, ni pena, ni miedo... sólo alivio hija, los abuelos se hicieron cargo de ti durante el tiempo que tardó la justicia en impartirse, te echaba mucho de menos porque no me dejaban verte, pero sabía que estabas bien, que comías, que avanzabas en los estudios, que eras comedida con tus palabras, ahora ya lo sabes, te pido perdón si no hice lo correcto...

No sé si lo era o no, tampoco me cuestiono los actos de los mayores, total para lo que veía a papá, para los gestos de cariño que tenía conmigo, apenas un beso de tarde en tarde, apenas unas palabras más altas que otras, apenas conocía mi habitación, ni siquiera un cuento antes de cerrar los ojos bajo las mantas hasta el día siguiente, para qué…

Claro que también dejé de ver a mis otros abuelos, también me daba lo mismo… He aprendido a querer de verdad a las personas que han hecho algo por mí en la vida, mamá incluso se jugaba su propia vida por nosotras, no sé si había algo más detrás de su comportamiento, hoy sigue saliendo, sigue poniéndose guapa cuando la veo cruzar el umbral y despedirse con un hasta luego cariño, con sus besos y abrazos que nunca me han faltado.

Hoy me estoy haciendo mayor, espero que nunca salga a mi papá, nadie puede ser dueño de la vida de otras personas, por mucho que las lleguemos a amar, no creo que eso sea amor ni cariño, desde entonces salgo con mis amigas y amigos, escucho como son las relaciones de sus padres sin importarme, sin entenderlas en muchas ocasiones, tampoco me gusta hablar de mí, no sé si llegarían a comprender el comportamiento de mamá, aunque posiblemente sepan algo, son discretos también conmigo, nunca se han referido a nada de lo que ocurrió en mi familia hace unos cuantos años ahora, pero también veo las relaciones que van iniciando y no sé, muchas veces me crean dudas de si son o no sanas, allá cada uno con sus problemas.

Sólo sé que desde entonces, desde aquella noche en la cocina mientras el presentador mudo daba las noticias de las ocho y media, se acabaron los gritos, los insultos, los llantos en casa…

Hoy lo comprendo todo…

No he vuelto a ver a mi padre…

Pero vivimos más tranquilas.

Carlos había cumplido treinta y seis años hacía menos de un mes. Se le agotaba el desempleo en unos días, después de haber perdido su empleo hacía un par de años, un trabajo en el que casi había echado los dientes, pero la crisis estaba acabando con todo, incluso con su empresa, un sólido negocio dedicado a la construcción desde hacía muchos años.

No había vuelto a encontrar nada desde entonces. Consultaba en los Servicios de Empleo, en Internet, en la prensa; visitaba todo tipo de industrias, de comercios, de negocios; le daba igual que fuera de pintor, de albañil, de conductor, de camarero... de cualquier cosa en la que pudiera desenvolverse y que no exigieran estudios, porque lo que era estudiar, su formación no había ido más allá del graduado escolar. Pero todo era en vano. Cientos de currículos abandonados sin respuesta.

Dado los escasos ingresos, los ahorros fueron desapareciendo, los impagos acumulándose. La familia estaba, pero solo podían ofrecerle un plato de comida, algo de ropa, un recibo de luz, de agua, de vez en cuando. Pero también la familia llegaba a cansarse. A cualquiera podía incomodarle tener que hacer frente a los gastos de dos viviendas por mucha familia que fuese. Era comprensible, incluso para Carlos.

El banco apretaba cada vez más, hasta que llegado un momento tuvieron que tomar la mejor decisión para todos. La entidad se quedó con la vivienda que con tanto sacrificio estrenaron hacía unos diez años. Nada del otro mundo, pero se trataba de su hogar. Ahora tendrían que recogerlo todo en busca del exilio.

Carlos, Lucía y sus tres hijos cerraron una mañana la puerta de su casa y le entregaron la llave al director de la sucursal. Los muebles y algunos otros objetos a los que tenían especial aprecio fueron abandonados en un guardamuebles. Con ellos sólo se llevaron la ropa y cuatro enseres de la casa. En el coche que les conducía a la vivienda de sus suegros sólo se respiraba tristeza, amar-gura, melancolía, pesadumbre, pesar, nostalgia... Las lágrimas contenidas se visibilizaban en unos rostros cansados de tanta lucha diaria para nada.

Bueno, al menos tenían un noche en el que cobijarse. Podía ser peor aún, llegaron a pensar. Siempre puede ser peor, sin duda.

A partir de entonces la rutina les cambió por completo. Carlos siguió buscando empleo intentando no desesperarse, pero la intimidad de antaño sí había desaparecido por completo. En una de las habitaciones dormían los abuelos con uno de los nietos; en la otra, Lucía con sus otros dos hijos. Carlos pasaba la noche en vela sobre el sofá del salón. Era lo que daba de sí un piso de escasos cincuenta metros cuadrados.

Toda aquella situación no hizo más que acentuar el sentimiento de culpa en Carlos. Había arrastrado a su familia a la miseria, a sus suegros a las estrecheces, ellos que tanto habían luchado por tener al menos aquel piso, por sacar adelante a sus dos hijos. Pero se trataba de la vida misma, y los tiempos habían cambiado, desgraciadamente.

Este sentimiento de Carlos se fue acentuando con la convivencia con su suegro, con la misma distancia que se fue interponiendo entre él y Lucía. Cuando la atmósfera se hizo irrespirable sólo quedaba dar un paso más. Carlos no pretendía abandonar a su mujer, mucho menos a sus hijos, pero seguir cohabitando en aquel ambiente acabaría por destruirles más pronto que tarde. Era mejor evitar más dolor.

El día que se tuvo que marchar de casa de sus suegros apenas se derramaron lágrimas, como si no quedara ninguna más que verter, como si los sentimientos de amor que no hace mucho llegaron a compartir se hubieran desvanecido por completo.

– Seguiré buscando trabajo, y os mandaré el dinero que vaya pudiendo –dijo Carlos antes de sellar la puerta que les separaba de su familia.

– No te preocupes, Carlos, no tendré más remedio que buscar algo yo también, con la pensión de mi padre no creo que logremos salir adelante –le contestó Lucía con una frialdad recién estrenada.

– ¿Puedo venir a ver los niños de vez en cuando?

– No te lo puedo prohibir, son tus hijos, Carlos.

– Gracias, Lucía.

Y cerró la puerta, dejando atrás los recuerdos de su encuentro, de su noviazgo, de su boda, de los nacimientos de José Antonio, de María, de Alberto. Se montó en su coche sin un destino fijo, sólo se sentó al volante y buscó una calle cualquiera donde poder aparcarlo, donde dejarlo a modo de única morada. Ese fue su domicilio a partir de aquel día, un aparcamiento de una plaza esquina con una calle. Su lecho, el asiento trasero del vehículo, que no volvió a mover durante un tiempo por no tener siquiera para poder alimentarlo con un poco de gasolina. Era el techo al que volvía después de un día buscando cualquier cosa, incluso comida que poder llevar a sus hijos, en el que caía la noche plagada de humedad y desesperanza. Así día tras día.

Hasta aquella tarde de invierno en la que al regresar a su morada, el coche había desaparecido. Sólo el hueco, ni siquiera la señal que se deja sobre el asfalto al retirarlo la grúa. Desde aquella noche alternaba el albergue con la sala de espera del hospital, o un banco cuando la temperatura no era demasiado cruel con el anochecer.

Claro que fue alejándose de Lucía, de sus hijos. No podía acercarse a ellos con aquella cara, con aquella ropa, sin tener nada que poder llevarles. Pero un día la suerte le cambiaría, podría acercarse a sus seres queridos cargado de regalos, compensarles de alguna forma por todo aquel sufrimiento del que él era el único culpable –pensaba a modo de consuelo Carlos–. Sólo le faltaba ser desahuciado de la ilusión, de la esperanza. Sería lo último por perder.

Pero la luz no se hacía ninguna mañana, ninguna tarde, ninguna noche. Había perdido a su mujer, a sus tres hijos, su casa, incluso el coche, que al parecer fue embargado por orden judicial como consecuencia de las deudas. Al menos eso es lo que le dijeron.

Pero como al perro flaco todos son pulgas, no quedó la cosa ahí. Una noche de primavera, de esas en las que dormía a la intemperie, a unos que pasaban por allí cerca no les dio por otra cosa que acercarse al banco donde dormía Carlos. Intentaron robarle sus únicas pertenencias: su manta, la bolsa en la que guardaba sus últimos objetos personales (un cepillo de dientes, una vieja maquinilla de afeitar, unos calcetines, un par de calzoncillos, una camiseta de manga larga), su cartera. Cuando Carlos se despertó, de forma repentina, intentó oponer la poca resistencia que le quedaba. En unos instantes se encontró con una navaja atravesándole la piel. Una mirada perdida, un recordar en un minuto todos sus años vividos, tanto los buenos como los menos buenos, y poco más, desangrado como quedó sobre aquel banco de una plaza cualquiera del centro de la ciudad.

En unos días no tuvo más remedio que volver a cambiar de domicilio: una caja sin nombre en un rincón del cementerio municipal. Ni una sola lágrima fue derramada aquella mañana, porque no le acompañaron más que dos operarios entregados a la tarea de enterrarle. Cuando terminaron su trabajo pusieron una inscripción con un rotulador sobre el nicho blanco: *Persona sin nombre conocido, llamémosla anónima.* Junto al epitafio improvisado, unas flores silvestres que ellos mismos arrancaron del suelo.

Pero por disparatado que pudiera parecer, el perro seguía enflaqueciendo después de muerto, como si el destino se hubiera olvidado del resto de las personas y se obcecara sin límites contra Carlos, sin compasión, sin piedad, sin misericordia.

En una noche silenciosa, cuando los que habían dejado de vivir seguían mudos en su sueño eterno, sólo se escuchaban los golpes de un martillo golpeando contra un cincel. Un ruido acompasado y constante. Abierto el nicho, dos seres anónimos extrajeron del hueco aquella caja que depositaron sobre el suelo. Abrieron la tapa y sacaron de su interior los restos que quedaban en su interior, huyendo con el envoltorio de madera y dejando allí en el suelo los desperdicios de lo que hasta hace poco era una persona.

Sólo quedaba que alguien se apiadara de Carlos, invocara una oración, o simplemente, que cualquier bestia hambrienta se cenara los restos de carne que permanecían todavía soldados a sus huesos.

RESPIRANDO NORMALIDAD

La cámara se fijó en aquella ciudad, pero lo podía haber hecho en cualquier otra, cercana o lejana. Al parecer, los acontecimientos que llegó a filmar no diferían en mucho en las sociedades contemporáneas, al menos esa era la noticia que circulaba a través de los canales habituales de información, que no eran tantos tampoco. La opacidad en la comunicación era una práctica habitual. ¿Con qué finalidad? Eso sí que no llegamos a comprenderlo, aunque podamos imaginarlo. Imaginadlo, vosotros que sois espectadores neutrales, pero con conciencia de esta película.

Y lo primero que le llamó la atención a la cámara, tal vez por eso se puso a trabajar, tal vez por eso reparó en aquella existencia y no en otra, fue cómo la imagen proyectada por aquella ciudad, llamémosla Y, había cambiado tan repentinamente en cuestión de tan pocos días.

En un momento determinado, debía de ser mediodía por la luz del sol, el objetivo nos iba mostrando una ciudad metrópoli bulliciosa, de personas normales, como cualquiera de nosotros, que deambulaban de un lugar para otro. De vehículos de todo tipo que llenaban sus calles. De comercios esperando la entrada de los clientes. De parques que florecían ante la entrada de la primavera. Mercados, bares, tiendas, oficinas, inmuebles, fábricas, jardines, bancos, escuelas… lugares todos ellos mostrando las singularidades para las que fueron concebidos. Ofrecer, compartir, vender, trabajar, vivir, construir, pasear, robar, enseñar... Una ciudad con vida, vamos. Como ya he comentado antes, como otra ciudad cualquiera.

Pero según las informaciones que empezaron a llegarnos de Y, se barruntaba en su ambiente una grave crisis económica. Al parecer, en el afán egoísta de aquellas personas que las gobernaban, que constituían sus poderes fundamentales, optaron por el interés particular frente al general, saquearon las empresas, los bancos, las cuentas públicas, y las consecuencias no se habían hecho esperar: el desempleo empezó a proliferar, sobre todo entre la población mayoritaria, y con el paro, sus consecuencias. La pobreza se iba extendiendo a la mayor parte de sus ciudadanos. Es por ello por lo que la visión que nos devolvía la ciudad a través de nuestra cámara, empezó a transformarse por días. Personas rebuscando entre los contenedores de basura, mendigando en las calles sin importar la edad, robando alimentos en las tiendas con tal de conquistar una barra de pan o un litro de leche con la que engañar a su estómago. O haciendo colas interminables en las puertas de las iglesias, o de los propios colegios, donde los pequeños habían perdido la ilusión por su futuro y sólo pensaban en un comedor donde les proveían de unos macarrones con tomate, de un filete de pollo, de un yogur.

La ciudad en sí había ido generando una especie de mitosis, un estrato de población nueva y diferente, completamente desconocida hasta entonces, que iba creciendo hasta hacerse mayoritaria, que necesitaba de la otra para poder sobrevivir, y de la que iba distanciándose cada vez más a pesar de su origen común. Una población A y una población B.

Era indudable que aquel suceso no parecía ser un hecho aislado, pasajero, que amanecería un nuevo día en cualquier momento y todo volvería a la normalidad, porque la población B fue haciéndose notar con más fuerza, con más virulencia con el paso del tiempo. No se podía tener a los ciudadanos sin trabajo de forma prolongada, sin calefacción cuando llegaba el invierno, sin dinero para comprar los libros de los pequeños cuando se acercara de nuevo septiembre y el comienzo del curso escolar, sin electricidad, sin comida en los frigoríficos o en las despensas, sin medicamentos con los que aliviar los males que se propagaban sin duda por las mismas causas. Mucho menos cuando tenían ojos para ver cómo la población A mantenía sus mismos hábitos, aunque con el miedo evidente de levantarse una mañana convertido en B. El conflicto podía estallar en cualquier momento. El miedo se iba extendiendo a todos los niveles, incluso entre las clases gobernantes.

Había que tomar decisiones. Prevenir el estallido definitivo. Posiblemente sería por eso, que un día la cámara, fija siempre en la realidad de aquella sociedad dividida, dejó de exhibir imágenes de la población B. No porque la cámara las obviara, aquella lente no disponía de libre albedrío para decidir que representaciones captaba o cuáles no. Simplemente, porque dejaron de hacerse visibles. Buscando una explicación, el objetivo se fijó en una fábrica o almacén que hasta entonces no se había hecho palpable, como si no hubiera existido hasta aquel mismo día, o hubiera estado oculta esperando un momento ideal para darle un objetivo concreto. Aquella recién estrenada fábrica-almacén tenía un diminuto cartel justo sobre la puerta de entrada. Sólo era cuestión de acercar el zoom para poder leerlo: Planta de reciclaje. Hasta ella fueron llegando cientos de vehículos colectivos donde transportaban personas. Las veíamos bajar, escoltadas por la policía, incluso por los militares, y perderlas de vista penetrando a través de aquella puerta. Viendo las dos realidades no podíamos formular una hipótesis que difiriera mucho de la siguiente: la población B, en previsión de una revuelta, de un conflicto mayor, estaba siendo trasladada desde la ciudad hasta aquella Planta de reciclaje. ¿Con qué intención u objetivo? Todavía no tenemos elementos de juicio suficientes para encontrar una explicación. Lo cierto es que la ciudad volvió a la normalidad. Las colas, los mendigos, los robos… todo aquello desapareció de repente. La imagen ingrata de B fue exterminada de las calles, extinguida, aniquilada, suprimida, eliminada, erradicada. La población A volvió a respirar tranquila. Incluso parecían volver a sonreír.

Aun así la cámara seguía firme en su propósito, más aún que antes incluso. Parecía llamarle la atención el silencio de aquella Planta de reciclaje rodeada por sus cuatro esquinas por policías y militares. La intención de las autoridades de recluir entre aquellas cuatro paredes a la población B. Su propósito, su deseo, su voluntad, su intención, su objetivo, su finalidad, su idea, su plan. Fija en aquella puerta de entrada, esperaba algún tipo de movimiento. Hasta que un día lo encontró.

Los mismos transportes colectivos fueron estacionados una mañana a las puertas de la Planta de reciclaje. Las personas que habían sido conducidas hasta allí empezaron a salir y montar en los autobuses, en las furgonetas, en los camiones. Aquel convoy haciendo el camino inverso un día muy de madrugada, como aprovechando que la población A seguía durmiendo, seguía inconsciente de los acontecimientos que la rodeaban, con los que tendría que enfrentarse nada más despertar a la nueva jornada de trabajo.

Una vez en la ciudad, aquellos transportes iban dejando a grupos de quince o veinte personas en las puertas de ciertos locales. Evidentemente, sin perder en ningún momento la vigilancia policial. Por si acaso. Un grupo aquí, otro más allá, así hasta que los autobuses, las furgonetas y los camiones se vaciaron por completo, regresando adonde tuvieran que hacerlo. Aquello sí daba lo mismo.

Al despertar la ciudad, la población A se dio cuenta inmediatamente de los cambios producidos durante la noche anterior. Cientos de nuevos negocios habían fermentado de la noche a la mañana, todos bajo la misma rúbrica: Alquiler de personas. Como aquellas tiendas de animales donde la población en su conjunto iba a comprar un perro, un pájaro, un gato, o peces. Igual, limpios y adecentados detrás del escaparate. No importaba edad, ni sexo. La distribución había sido hecha teniendo en cuenta las cualidades profesionales de cada una de las personas: jardineros, limpieza, cocineros, albañiles, fontaneros, electricistas, camareros, médicos, abogados, psicólogos, ingenieros, economistas… Incluso un escaparate adornado con una tenue luz rojiza anunciando el alquiler de personas de compañía.

Al parecer la idea de los gobernantes fue simple. Reprogramar las cualidades de las personas que formaban la población B, de tal forma que tuvieran alguna utilidad para la población A. Si A necesitaba de un jardinero, iban a la tienda correspondiente y lo alquilaban por el tiempo necesario: recortar los setos, el césped, regar, adecentar los arriates, podar algún limonero o naranjo. Tantas horas de faena, a X de salario, más las retenciones legales, más el beneficio del empresario que apostaba por un oficio determinado. Hasta que, terminado su trabajo, era devuelto a su escaparate esperando una nueva oportunidad. Y así con todos los oficios pensables e imaginables: limpieza, cocineros, albañiles, fontaneros, electricistas, camareros, médicos, abogados, psicólogos, ingenieros, economistas… Hasta las personas de compañía, cuyos servicios iban desde acompañar a una persona a una cena, una simple conversación para mitigar la soledad, o la propia actividad sexual, que podía realizarse a domicilio, en un hotel, en un coche, o en una pequeña habitación de la que disponía el propio comercio encargado del alquiler de estas personas de compañía. En función de los servicios contratados, una tarifa determinada. Acompañamiento, X. Conversación, Y. Beso, Z. Felación, W. Penetración, V. Hasta completar una larga lista de precios, incluyendo todas las actividades pensables e impensables que podían tener la consideración de "compañía".

De la misma forma que proliferaron estos negocios, las calles seguían limpias de todo cuanto era considerado afeamiento de su aspecto exterior. Se dejó de ver en las calles a la población B tal y como había surgido en su origen, ese desdoblamiento del conjunto que había dividido Y en dos mitades contrapuestas, A y B. Y se había convertido en A y en C, población reciclada.

La cámara estaba tan sorprendida por aquel nuevo estilo de vida desconocido, que no perdía ojo de cuantos acontecimientos pudieran producirse en Y. Veinticuatro sobre veinticuatro horas de grabación. Atenta en todo momento, no sólo a los movimientos de la calle, sino también a lo que pudiera ocurrir en los nuevos negocios, en la Planta de reciclaje. Como si se hiciera cientos de preguntas en silencio, a las que procuraba dar respuesta mediante sus imágenes. ¿Qué oficios eran los más demandados? ¿Y los que menos? ¿Cuál era el perfil de los contratantes de los servicios? ¿El alquiler de personas recicladas estaba investido de un halo de solidaridad ciudadana, o sólo obtener un servicio a un precio asequible? ¿La planta de reciclaje seguía trabajando?... Claro que aquella idea de los gobernantes había resuelto un problema estético, pero había generado otros. Sobre todo, qué había ocurrido con aquellos jardineros, con aquel personal de limpieza, con aquellos cocineros, con aquellos albañiles, con aquellos fontaneros, con aquellos electricistas, con aquellos camareros, con aquellos médicos, con aquellos abogados, con aquellos psicólogos, con aquellos ingenieros, con aquellos economistas o con aquel personal de compañía, que en su origen no traspasaron la línea divisoria entre A y B. Estaba claro, en una sociedad de mercado como Y, quien no se adaptaba a la libre competencia, traspasaba las fronteras de una letra a la otra. Muchas personas perdieron su empleo con aquella nueva competencia, se convirtieron irremediablemente en B de la noche a la mañana, fueron trasladadas a la Planta de reciclaje, donde en unos días eran adaptadas a las nuevas necesidades imperantes en Y. Todo era cuestión de oferta y demanda, estaba claro.

Podríamos pensar, que de aquella planificación tendrían que surgir de pronto excedentes. Pues como en todas las sociedades contemporáneas. Oficios que desaparecían, exceso de mano de obra en una profesión, o personas que por un motivo u otro no eran alquiladas. Porque el precio era alto, porque no había demanda, porque no se había adaptado a su nuevo oficio, o por lo que fuera. Nos llegó incluso la información de que había personas que antes de salir a buscar ayuda por perder su trabajo por la competencia de la población reciclada, prefería acabar con su vida. Las tasas de suicidio se dispararon. Aunque en un principio aquel dato se ocultó por estética, llegado un momento era imposible no sacarlo a la luz: los muertos olían, el oficio de enterrador se convirtió en uno de los más demandados, familiares denunciaban desapariciones... Indicadores todos que alertaban sobre la certeza de aquella hipótesis. Hasta los gobernantes se llegaron a vanagloriar en un momento dado, su plan era una forma de controlar el crecimiento poblacional, de ajustar el número de habitantes a las necesidades reales de Y, aunque no fuera su objetivo a priori. Bueno, eso dirían, pero quién sabe cuáles son las finalidades de los políticos que gobiernan las sociedades contemporáneas, son políticos y gobernantes, dirán lo que quieran, pero no siempre confesarán sus verdaderas intenciones.

Pero seguía habiendo excedentes a pesar de los abandonos voluntarios. A pesar de los reiterados reciclajes que llegaron a hacer. De los múltiples oficios que se llegaron a inventar con tal de buscar nuevas fuentes de empleo. Era llevar la especialización a extremos insospechados hasta entonces, incluso ridículos para una persona coherente en su pensamiento, con independencia de cual fuese su ideología. Por ejemplo, dentro de las personas que se habían dedicado a la jardinería, se podían alquilar quienes plantaban árboles frutales en función del fruto, o flores en función del color, o del olor. O dentro de las personas que se alquilaban para practicar sexo, se llegó a crear el oficio de feladores de penes, feladores de pechos, feladores vaginales, feladores anales, o incluso penetradores de todo tipo.

Pero Y no daba para tanto, la población A no era capaz de mantener a la población C, por mucho que bajaran los salarios. Una había crecido en tal proporción a la otra, una se había enriquecido tanto en relación a la otra… Pero era libre mercado, era cuestión de adaptarse o morir. No era un lema visible, pero invisiblemente impuesto a todas luces. A toda costa, por cuestión de estado probablemente. Fue entonces, cuando los gobernantes de Y tuvieron que diseñar una segunda fase en su plan de control y reciclaje. Creo que le llamaron, Plan de Estabilidad Poblacional. Se valoraba el rendimiento de cada uno de los oficios, la demanda, el tiempo que mediaba entre la llegada al escaparate y el primer contrato, la reiteración de arrendamientos. Todo llegó a ser calculado en cuestión monetaria. De tal forma, que cuando el reciclaje dejaba en muchos casos de convertirse en solución, en un rincón más apartado de la superficie de Y, llegaron a construir lo que denominaron Planta de Incineración. Allí fueron trasladados una noche los inadaptados, los excedentes, los que podían poner en grave riesgo la armonía social y económica de Y. Su objetivo era éste, su finalidad era evidente. No era necesaria una descripción pormenorizada de las actividades que se desarrollaban en aquella Planta de Incineración.

En pocos meses, la ciudad volvió a respirar la normalidad de su inicio.

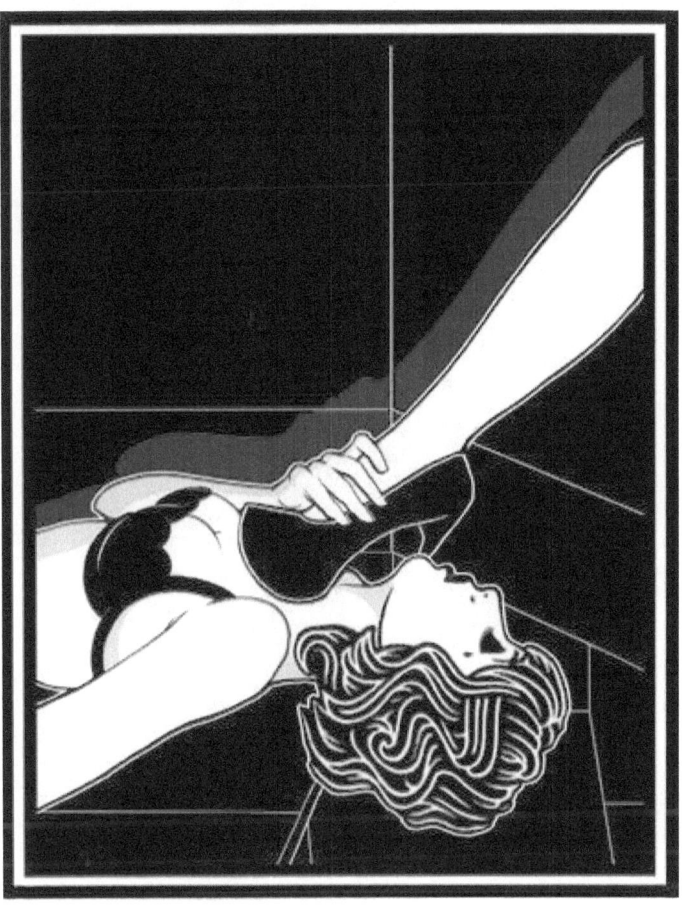

La noticia había corrido como la pólvora.

La cámara 1 devolvía la siguiente imagen: miles de personas hacían una cola silenciosa a las puertas de un edificio oficial. Mujeres, hombres, familias enteras con niños, mayores, jóvenes… pero todos ellos permanecían callados, esperando una respuesta a la llamada pública lanzada por el gobierno de la ciudad la tarde anterior.

A continuación, la misma cámara 1 se fijaba directamente en un letrero situado en un lugar visible a la entrada de la edificación:

AGENCIA PÚBLICA PARA LA
TRANSFERENCIA DE SUEÑOS

Un poco más abajo, otro rótulo impreso en papel blanco con la siguiente inscripción:

CONSULTA Y TRATAMIENTO GRATUITO
HORARIO DE ATENCIÓN DE 10:00 A 20:00
——— □ ———
SE ATENDERÁ POR ORDEN DE LLEGADA
(No se requiere cita previa)

Aún faltaba más de una hora y los parques, en los que dormían muchas personas a la intemperie todos los días, se habían quedado despoblados, las aulas de los colegios prácticamente vacías, muchos comercios habían tomado la decisión de no abrir sus puertas aquella mañana, expectantes por la noticia.

La cámara 2 nos conducía al interior del edificio gubernativo, donde podíamos ver al Gobernador de la ciudad, acompañado de sus ministros, supervisando las instalaciones. Unos veinte mostradores dispuestos, donde los ciudadanos podían inscribir sus datos personales en un cuestionario, marcando a continuación las necesidades de cada uno de ellos con una cruz.

CUESTIONARIO

Apellidos_____

Nombre_____

Número de Identificación Ciudadana _____

NECESIDADES

(Marque con una X como máximo 2)

1. Necesidad de un trabajo remunerado
2. Necesidad de alimentación básica
3. Necesidad de ropa
4. Necesidad de dinero para pagos urgentes
5. Necesidad de desplazarse fuera de la ciudad
6. Necesidad de una vivienda
7. Necesidad de enseres para la vivienda
8. Necesidad de medicamentos básicos
9. Necesidad de atención médica
10. Necesidad de atención psicológica
11. Necesidad de juguetes para las menores
12. Necesidad de atención sexual
13. Necesidad de atención religiosa
14. Necesidad de aplazar el pago de los impuestos
15. Necesidad de libros y material escolar
16. Necesidad de productos de limpieza

OTRAS DEMANDAS
NO PODRÁN SER ATENDIDAS.

LE ROGAMOS SEA MODERADO EN SUS PETICIONES

(El Gobierno de la ciudad no se responsabiliza de los efectos secundarios que el tratamiento pueda tener para su salud).

Una vez cumplimentado el cuestionario por los habitantes de la ciudad, se les hacía pasar a un amplio patio en el que debían esperar antes de ser nombrados para recibir el tratamiento prescrito en función de las necesidades marcadas. La cámara 2 nos lo enseñaba, con sus cientos de sillas aún vacías.

La megafonía les iría indicando a continuación el nombre y el número de consulta a la que deberían dirigirse cada uno de ellos: *"Fulanito X, Consulta número 44"*, *"Fulanita Ñ, Consulta número 27"*, *"Fulanito Y, Consulta número 13"*... Así, hasta un total de sesenta consultas, distribuidas por toda la superficie del inmueble, que el gobierno había considerado como suficientes atendiendo a la demanda que había previsto, según sus cálculos, o siguiendo las estadísticas oficiales.

El mensaje del Gobierno de la ciudad, publicado en la prensa del día anterior y leído por el Ministro Portavoz durante los informativos, había sido muy claro:

Queridos ciudadanos:

Conscientes como somos de las necesidades que atraviesan nuestros ciudadanos en estos tiempos difíciles, hemos trabajado arduamente en buscar soluciones definitivas para resolver vuestros problemas.

Con el apoyo de un gran equipo de médicos y de psicólogos, y el respaldo de todo el Gobierno, hemos ideado la fórmula de los sueños como garantía para conseguir un mañana mejor.

Confiamos en los resultados plenamente, y en vuestra comprensión, materializada en el apoyo a nuestros esfuerzos realizado únicamente en interés de la ciudadanía.

Solamente os pido, como Gobernador de esta ciudad, toda vuestra colaboración más sincera.

A partir de mañana, en el nuevo edificio habilitado junto al parque de la Libertad, en horario ininterrumpido de 10:00 a 22:00, os espero para cumplir vuestros sueños, que son también los míos.

Con mis mejores deseos de futuro, que son también los de mi Gobierno, os mando un abrazo cordial

M (El Gobernador)

Ahí estaba la cámara 2 de nuevo, adentrándose en una de las consultas, en la que el Gobernador de la ciudad, seguido de sus ministros, atendía las indicaciones y explicaciones de los especialistas en transferencias de sueños. Un pequeño armario lleno de bandejas con tarros numerados (del 1 al 16), una mesa pequeña con un portalápices y algunas libretas, una silla, una camilla. Predominando siempre el color blanco. Cada uno de los despachos numerados del 1 al 60.

Eran las 10:00 cuando la puerta acristalada de acceso al edificio abrió puntualmente, y ahí estaba la cámara 1 proyectando las imágenes de aquella multitud silenciosa adentrándose en las entrañas de los sueños, de las necesidades por resolver, de la esperanza para la mayor parte de la ciudadanía, del desafecto de las sedes y de los procedimientos burocráticos también. Así durante diez horas consecutivas, en las que no cesó el infinito peregrinar de aquellas personas sedientas de unas horas de ilusión al menos. Durante otras diez al día siguiente, y al otro, y al otro, y al otro, hasta que no quedó ni un ciudadano en busca de su sueño merecido, regresando a continuación a su casa, si es que no la había perdido, a su trabajo si es que aún lo conservaba, a su parque, a su deambular sin sentido desde un extremo a otro de la ciudad, volviendo la rutina, perdida durante aquellos días de vacunación masiva, a imponerse en sus veinticuatro horas de existencia.

Pero como los sueños, sueños son, las personas fantasearon con recuperar su empleo o con encontrar uno nuevo; que volvían a hacer al menos tres comidas diarias; a estrenar, aunque fuera unos pantalones vaqueros; a no tener que volver a coger una garrafa vacía e ir al parque más cercano a llenarla de agua potable; a que recuperaba su vivienda; a que disponía de una aspirina que le había recetado el médico para prevenir sus problemas cardíacos; a que podía volver a jugar aunque fuese con una pelota de trapo; a que volvía a hacer el amor porque no recordaba cuándo había sido la última vez; incluso, a que habían vuelto a recuperar la fe en su dios... Pero era eso, la ilusión de recuperar lo que un día fueron en sus tiempos pasados, lo que habían imaginado durante tantas noches de insomnio.

Días más tarde, los anhelos de un trabajo remunerado, de una alimentación básica, de ropa, de dinero para pagos urgentes, de vivienda, de poder desplazarse fuera de la ciudad, de enseres para la vivienda, de medicamentos básicos, de atención médica, de atención psicológica, de juguetes para los menores, de atención religiosa, de atención sexual, de aplazar el pago de los impuestos, de libros y material escolar, de productos de limpieza, todos ellos se desvanecieron.

El desasosiego volvió a cundir entre aquellos ciudadanos que seguían subsistiendo, otros no tuvieron tan buena o tan mala suerte, según se mire. También entre los gobernantes de la ciudad comenzó a cundir la desazón, incapaces como se sentían para encontrar remedio a las necesidades de sus vecinos.

Se hizo el silencio durante un tiempo. Unos a la espera de un milagro, los otros aguardando una solución que remediara el desplome que las encuestas vaticinaban en las próximas elecciones, cada vez más cercanas.

Ningún comunicado, ninguna nota oficial, ninguna entrevista, ninguna imagen en los medios. Como encerrados en sus despachos a cal y canto en busca de una utopía realizable a un coste razonable para las arcas públicas.

Debió pasar un mes, o algo más, antes de volver a escuchar al portavoz del gobierno en las noticias, de poder leer un nuevo comunicado en la prensa:

Queridos ciudadanos:

Conscientes como somos de las tremendas dificultades encontradas para poder resolver de forma definitiva vuestras necesidades, este Gobierno, conmigo al frente, no ha dejado de trabajar por buscar soluciones, más allá de la temporalidad de sueños temporales.

Con el apoyo del mismo equipo de médicos y de psicólogos, y el respaldo de todo el Gobierno, hemos ideado una fórmula de sueños, de la que estamos convencidos, en esta ocasión, que colmará por completo vuestras aspiraciones como personas.

El mañana, vuestro futuro, está garantizado gracias a nuestro trabajo y a vuestros esfuerzos. Sólo con el trabajo conjunto de unos y otros él éxito estará garantizado. Es por ello, por lo que, como Gobernador de esta ciudad, vuelvo a pedirles vuestra colaboración más sincera.

A partir de mañana, en el mismo edificio junto al parque de la Libertad, en horario ininterrumpido de 10:00 a 22:00, os vuelvo a esperar para cumplir vuestro sueño, que es también el mío.

Con mis mejores deseos de futuro, que son también los de mi Gobierno, os mando un abrazo cordial

M (El Gobernador)

La misma cámara 1 con su imagen fija en las miles de personas que volvían a hacer una cola silenciosa a las puertas del mismo edificio oficial, igual de callados que la vez anterior, esperando una respuesta a la llamada pública lanzada por el gobierno de la ciudad la tarde anterior, el mismo letrero situado en un lugar visible a la entrada de la edificación:

AGENCIA PÚBLICA PARA LA
TRANSFERENCIA DE SUEÑOS

El mismo cartel un poco más abajo, impreso en papel blanco con la inscripción:

CONSULTA Y TRATAMIENTO GRATUITO
HORARIO DE ATENCIÓN DE 10:00 A 20:00
——————□——————
SE ATENDERÁ POR ORDEN DE LLEGADA
(No se requiere cita previa)

Como si nada hubiera cambiado.

La misma cámara 2 conduciéndonos al interior del edificio gubernativo, donde, esta vez, ni la presencia del Gobernador de la ciudad, ni de sus ministros, se hacía visible. Los mismos veinte mostradores dispuestos, donde los ciudadanos podían inscribir sus datos personales, pero, en esta ocasión, sin necesidad de cuestionario. Al parecer se trataba de un único tratamiento, ideado por los científicos para acabar, de una vez por todas, con las necesidades de los ciudadanos, con sus sufrimientos, sólo que esta vez, inscritos sus datos personales en el formulario irían siguiendo una única cola que debía conducirles hasta las puertas de un único despacho, sin indicador ni rótulo de ningún tipo.

El amplio patio, que en la ocasión anterior había servido como espacio de espera, aparecía ahora clausurado por completo a los ojos de la ciudadanía. Ni una simple imagen fija a través de la cámara 2.

El estruendoso sonido de los motores de varios camiones rompió el silencio. Sin saber su finalidad, fueron colocándose en cola junto a la puerta trasera del edificio oficial, intentando no dejarse ver demasiado, procurando que aquellos cambios visibles en la forma de proceder oficial no levantara demasiadas interrogantes en la población.

A las 10:00 la puerta acristalada de acceso al edificio volvió a abrir puntualmente. Ahí estaba de nuevo la cámara 1 proyectando las imágenes de aquella multitud silenciosa adentrándose en las entrañas de los sueños, de las necesidades por resolver, de la esperanza para la mayor parte de los habitantes de la ciudad. Así durante diez horas consecutivas, en las que no cesó el infinito peregrinar de aquellas personas sedientas de unas horas de ilusión al menos, unidas a las soñadas pocas fechas atrás. Durante otras diez al día siguiente, durante las sucesivas jornadas hasta que no quedó ni un ciudadano en busca de su sueño merecido, sólo que esta vez ya no regresarían a sus parques, a sus casas, a sus trabajos, a su deambular sin sentido desde un extremo a otro de la ciudad. El problema para el gobierno había sido resuelto de forma definitiva. Mayor eficacia y eficiencia, imposible. Era su obligación intentarlo al menos. Aquellas necesidades de un trabajo remunerado, de una alimentación básica, de ropa, de dinero para pagos urgentes, de vivienda, de poder desplazarse fuera de la ciudad, de enseres para la vivienda, de medicamentos básicos, de atención médica, de atención psicológica, de juguetes para los menores, de atención religiosa, de atención sexual, de aplazar el pago de los impuestos, de libros y material escolar, de productos de limpieza, habían sido borradas definitivamente de las estadísticas oficiales; el sueño transferido no podía ser otro que el de la felicidad eterna.

Cada uno había cumplido con su trabajo. La ciudad regresó a la normalidad, en silencio.

Llegado a un momento de su vida, Carlos tomó la decisión de vivir de espaldas al exterior.

No se trataba de aislarse del mundo, sino más bien de colocar una barrera entre éste y él que le impermeabilizara del aire perverso que le había contaminado durante sus primeros treinta años de vida. Sufrió las vejaciones que cualquier niño puede soportar durante su etapa escolar; la incomprensión de unos padres desde que tuvo uso de razón hasta el día en que cogió sus cosas y buscó un ambiente más sosegado y tolerante; la lejanía de unos presuntos amigos que nunca dejaron de ser meros conocidos; el abandono de la única persona que había llenado su corazón, cuando una mañana de no hace mucho le reconoció que nunca había estado enamorada de él... Fue entonces, encerrado en el cuarto de baño de su apartamento, cuando llegó a la conclusión de que después de treinta años de existencia, no había alcanzado en su vida otra meta que la soledad, que su propio aislamiento e incomunicación, que la añoranza de haber fantaseado con una existencia y haber respirado otra bien diferente de la que quería huir, escapar antes de que fuera tarde.

Fue entonces cuando contrató a unos albañiles e hizo tapiar todas las ventanas de su apartamento, cegar cualquier resquicio de luz que pudiera entrar desde el exterior. Hizo colocar potentes lámparas de bajo consumo en todas las habitaciones, aumentar la velocidad de su conexión a internet, dar de baja todas las líneas de telefonía de las que disponía, tanto fija como móvil; activar los canales de comunicación electrónica que le mantuvieran en contacto con su entidad bancaria, con su agente, con los supermercados y comercios habituales; colocar un sistema de extracción para que no se acumularan en exceso los gases del tabaco o de la cocina, así como mejorar el sistema de ventilación, para que siempre pudiera respirar un aire limpio, depurado, puro, a pesar de su enclaustramiento... Por lo demás, Carlos no necesitaba mucho más, ni siquiera despedirse de las personas próximas que no existían. Para cualquier imprevisto, cualquier necesidad sobrevenida, ya idearía una solución llegado el momento. Para qué volverse paranoico ante problemas inexistentes, pensaba.

A partir del momento en que cerró la puerta y dio dos vueltas a la llave, que dio el visto bueno a la reforma de su apartamento, su ordenador se convirtió en su única compañía. Fue su única herramienta para poder relacionarse con el exterior: conversaba con su agente a través de él, encargaba comida, bebida, tabaco, libros, que pagaba utilizando tarjeta de crédito y que el repartidor depositaba justo delante de su puerta; también escuchaba música, consultaba las noticias periódicamente, viajaba por el mundo a través de imágenes y de *Google Earth*... Era simple cuestión de habituarse, de echarle un poco de imaginación. Aunque era evidente que había otras cosas a las que tuvo que renunciar en su impermeabilización. No podía acudir a ningún acto relacionado con su profesión de escritor (presentaciones, formas de libros, conferencias, tertulias, entrevistas), pero su agente ya le había dicho que no se preocupara por eso, él vendía los suficientes libros como para que la editorial pusiese ahora algún reparo con aquella nueva forma de vida, más bien al contrario, la gente hablará más de ti, Carlos —le decía—, estará esperando con ansiedad tus nuevos libros para intentar leer entre líneas el porqué de ese cambio en tu vida; inventará mil motivos, mil historias con tal de encontrar una respuesta. Lo importante es que hablen de ti por uno u otro motivo, cuanto más digan, cuanto más en boca de la gente estés, muchos más libros se venderán. La gente es así, morbosa a más no poder, enfermizas, patológicas, retorcidas. Pero a ti debe darte igual, Carlos. Tú sigue escribiendo, sobrevive a tu antojo, lo demás déjalo de mi cuenta.

Pero tampoco podía mantener relaciones sexuales. No era algo a lo que había prestado mucho interés en su vida. En su única relación, el sexo había sido una cuestión secundaria. No tendría por qué convertirse ahora en una prioridad. Y si así fuera, tenía a su disposición miles de páginas virtuales donde ofrecían sexo para momentos de necesidad. Ahí entraba en juego su imaginación, sus recuerdos, sus dos manos con las que poder apagar cualquier fuego descontrolado.

Su vida empezó a centrarse a partir de entonces en la lectura de sus escritores favoritos, incluso en aprender inglés y japonés online para poder acercarse a sus textos originales. No sin gran dificultad, le resultó toda una experiencia gratificante alcanzar tal nivel, todo un placer, un deleite para sus sentidos. También su poesía ganó en frescura y contundencia, sin dejar de emborronar cientos de hojas con sus *"Versos de un corazón que dejó de bombear el veintiuno de diciembre de dos mil trece"*, o con sus *"Versos de dos manos que se masturban sin necesidad de compañía"*. Aparte de la lectura, del aprendizaje de aquellos dos idiomas, de sus libros de poemas, también tuvo tiempo suficiente para sus vicios incontrolables, aquellos que tampoco pretendía dominar: los cartones de tabaco que encargaba a través del mismo supermercado que le abastecía de alimentos, los whiskies de malta que compraba en tiendas especializadas, cambiando de marca frecuentemente: *Lagavulin, Balblair, The Glenlivet, Glenfiddich, The Macallan, The Glenrothes, Ardberg, Talisker, Glen Grant, The Balvenie, Glenmorangie, The Singleton, Aberlour, Oban…*

Fumar, beber, leer, aprender japonés e inglés, emborronar folios con sus versos, masturbarse, hablar con su agente, consultar sus cuentas, las noticias que consultaba a través de la web muy de tarde en tarde.

- *España podrá perseguir el blanqueo de capitales dentro de Gibraltar.*
- *Cientos de personas protagonizan un nuevo intento de entrada masiva en Gibraltar.*
- *Crean la primera base de datos mundial de medusas.*
- *Hogares para los "sin techo" financiados con publicidad.*
- *Ahorcado tras robar el historial médico de Schumacher.*
- *Elsa Pataky, la española con los labios más deseados.*
- *China presenta a los primeros trillizos de oso panda que sobreviven al parto.*
- *La policía, tras la pista de los autores del mayor atraco en la historia de Chile.*
- *Las personas creativas, más susceptibles a la depresión.*
- *Israel bombardea Gaza tras el fin del alto el fuego.*
- *Rusia prohíbe las importaciones de países que apoyaron las sanciones.*
- *Turquía elige por primera vez a su presidente por voto popular.*
- *Una joven es violada por tres personas en Tánger.*
- *Muere Lauren Bacall a los 89 años, tras un derrame cerebral.*
- *Rajoy anima a la gente a que actúe sin esperar a que sus problemas los resuelva la Administración.*
- *Maloney, promotor de boxeo, político homófobo y, ahora, mujer...*

Sin olvidarse tampoco de los partidos de futbol cuando su mente era incapaz de articular un pensamiento coherente. Entonces se dejaba ir, acompañado por un vaso tras otro de la marca de whiskies que le correspondía,

212

detrás de veintidós tipos en camiseta, pantalón corto y botas rondando una pelota de cuero y defendiendo unos colores determinados. Aunque tenía sus preferencias, como cualquiera, no eludía cualquier partido que pudieran retransmitir en sus momentos de tinieblas. Total, sólo era un juego.

Tal y como le predijo su agente, las ventas de sus libros aumentaron considerablemente. Su fama de escritor extraño y extravagante aparecía en las portadas, no sólo de las revistas especializadas, sino también en la cabecera de los informativos de televisión, en los suplementos culturales de los diarios, en las noticias de las emisoras de radio. La consecuencia de todo ello no se hizo esperar: su cuenta corriente fue creciendo a pasos acelerados. Aunque tampoco este tema le preocupara realmente.

Pronto, sus "*Versos de un corazón encerrado entre cuatro paredes de un apartamento oscuro*", llegó a traducirse al inglés, al chino mandarín, al hindi, al portugués, al bengalí, al ruso, al japonés, al alemán, al wu, al coreano, al francés, al télugu, al marati, al tamil, al vietnamita, al turco, al italiano, al urdu, al cantonés, al persa, al birmano, al polaco y al árabe.

A pesar de todo, Carlos siguió viviendo de espaldas al exterior. Información de ida, pero nunca de retorno, excepto algunas cosas, como diría un presidente con gafas.

Todos los días la misma rutina, el mismo silencio…

Pero una mañana se despertó con el deseo de poder hablar con una persona anónima, leer sus palabras, que no escuchar sus sentimientos a través de sus oídos. Porque percibir, sólo *percibía la música que le llegaba a través de su ordenador, siempre en función de sus estados* de ánimo: desde el *Carmina Burana* de Carl Orff hasta los *Nocturnos* de Chopin, desde el *Blue Velvet* de Lana del Rey hasta el *Creep* de Radiohead, desde el *Cigarettes* de Russian Red hasta *Der Tod und das Mädchen* de Franz Schubert. Así que no lo quedó más remedio que poner manos a la obra, a pesar de todos los reparos que siempre había puesto en aquellas comunicaciones virtuales tan carentes de naturalidad, tan impregnadas de frialdad.

Abrió un perfil anónimo en una red de contactos con el *nick* de *Pixie, Dixie and Mr. Jinks*, incluyendo una foto que había sacado de internet de esos tres personajes de los Estudios de Animación de Hanna-Barbera. Sólo eso, bueno, también un escueto mensaje a modo de presentación en forma de interrogación que decía: "*¿Quieres hablar?, pues dime algo*". Después de crear el perfil en el portal de contactos y pagar religiosamente la cuota de suscripción por seis meses, se olvidó de aquello y volvió a su tarea. Vaso de *Isle of Jura*, mientras leía de un tirón y en japonés "ダンス・ダンス・ダンス", que había comprado directamente a través de Amazon Japón con el siguiente formato:

A la semana siguiente se acordó de lo del anuncio en el portal de contactos. Al entrar en la página, comprobó que había más de cien mensajes diferentes en su buzón de entrada, de todos los tipos, de todas las extensiones, de todas las procedencias posibles; y sintió la curiosidad de leer algunos de ellos, de eso se trataba claro.

- *Algo.*
- *¿Sólo quieres hablar? No sé, me parece aburrido.*
- *Si quieres que follemos también, estoy dispuesto a todo.*
- *Hola, me llamo Julieta, soy de Costa Rica, tengo 20 años y muy buenas curvas. Si quieres podemos intercambiar las fotos, después ya veremos.*
- *Hola Pixie, soy el Gato con botas.*
- *Hola, ¿estás casado?*
- *Sólo busco diversión, lo de hablar me resbala.*
- *¿Estás castrado?*
- *¿Quién de los tres eres?*
- *No me gustan los ratones.*
- *Detrás de esos curiosos personajes, seguro que debe encontrarse una persona extraña.*
- *¿Me das tu número de teléfono?*
- *Empezar una relación hablando siempre es un buen principio.*

Así hasta pasar del centenar. Después de dedicar un tiempo a leerlos, a examinar algunos de los perfiles de los que provenían los mensajes, uno le llamó más la atención que los demás, sobre todo después de entrar en su perfil, *Dora la exploradora*, ver su imagen presuntamente real colocada en su página, leer aquella frase en la que ella describía la ocupación de su tiempo libre: *"Vivir encerrada en sí misma esperando que alguien la rescatara"*. Por eso le escribió. Su respuesta no pasó de una simple palabra deletreada. *I-N-T-E-R-E-S-A-N-T-E*. Once letras que, ordenadas de aquella forma, lanzaban un mensaje bastante profundo para él, como once futbolistas mediocres, que dentro de un buen sistema de juego, pueden ganar el campeonato a aquellas estrellas galácticas que cobran millones de euros o de dólares.

A partir de esos primeros mensajes, comenzaron a intercambiar otros más. Carlos se olvidó por completo del resto de los perfiles, del resto de los mensajes que llenaban su buzón de voz, del resto de las personas que se escondían tras aquellas máscaras en busca de un poco de compañía, de un poco de calor. Sólo se trataba de eso, de una respuesta a la incapacidad humana para poder comunicarnos. No había que buscarles otras explicaciones.

A raíz de aquella experiencia, Carlos escribió sus *"Versos para corazones vacíos que se entregan a una respuesta desconocida de una persona desconocida"*.

Tras varios mensajes intercambiados, mantuvieron una primera conversación coherente, a través de *chat*:

– *Hola Dora, ¿realmente te llamas así?*
– *Sí. Imagino que Pixie, Dixie and The Mr. Jinks no debe ser el tuyo.*
– *No, no lo es. ¿Es importante para ti saberlo?*
– *Lo mismo me da.*
– *¿Por qué te decidiste contestarme, Dora?*
– *Porque no me comprometía mucho decirte algo. Si hubieras esperado algo más, puede que en principio no te hubiera contestado a la pregunta.*
– *¿Algo más, Dora?*
– *Sí. Hablar no es la finalidad de estas páginas. Aquí la gente busca personas con las que iniciar algo, el hablar sólo es un medio para alcanzarlo.*
– *¿También es tu pretexto?*
– *Yo vivo en mi mundo, pero aspiro a compartirlo con alguien algún día. ¿Tú, no?*
– *No me lo había planteado.*
– *¿Entonces?*
– *Sólo era un ejercicio de comunicación, sin pensar en lo que pudiera suceder mañana. No suelo pensar más allá de lo que hago en mi presente.*
– *Pero, sin duda, debes de tener aspiraciones, sueños, fantasías. Son tres términos más relacionados con el futuro que con el presente.*

– *Estoy viviendo mis aspiraciones, mis sueños, mis fantasías, sin necesidad de pensar en momentos venideros.*

– *Es extraño.*

– *Era una forma de protegerse de un momento desconocido que podía hacerme daño. Sólo rehúyo el dolor. Llega una etapa en tú vida que decides inocularte contra todo lo que te viene de fuera, contra todo aquello que no puedes controlar. Entonces dejas de pensar y te limitas a vivir sin más.*

– *¿Se puede vivir así?*

– *Por supuesto, Dora.*

– *Entonces, ¿qué pretendías con abrir un perfil en una página como ésta?*

– *No sé, puede que por necesidad de comunicarme con alguien en un momento determinado. Tampoco esperaba demasiado más.*

– *¿Y si nadie te hubiera contestado?*

– *Mi vida hubiera seguido siendo la misma. De hecho sólo he mantenido cierta relación contigo.*

– *¿Por qué conmigo solamente?*

– *Me pareces una persona interesante, aunque realmente tampoco lo sé realmente. Me estoy dejando llevar.*

– *¿Te gusto físicamente?*

– *Realmente, eres bastante guapa, al menos en las fotografías que tienes en tu perfil.*

– *Aparte del físico, ¿qué más te atrae de mí?*

– *Me llamó la atención eso de "vivir encerrada en mí misma". De hecho yo también lo hago, te lo acabo de decir.*

– *Sí, pero esperando que alguien me rescate. Espero a alguien, espero que ese alguien que tiene que venir un día lo haga para sacarme de ese encierro. En cambio, a ti parece no interesante abrir la puerta de tu mundo.*

– *Una vez estuve fuera de él y me hicieron daño, Dora.*

– *Al igual que a todos. El mundo es así. Nos ayuda a hacernos fuertes, sólo que, de vez en cuando, necesitamos replegarnos para reflexionar y coger fuerzas.*

– *¿No sientes curiosidad por saber cómo soy?*

217

– *Te he imaginado varias veces, pero no puedo obligarte a que te muestres si no quieres. Fíjate que ni siquiera me importa cómo te llames. Sólo me interesa cómo piensas, cómo sientes, qué esperas, qué hay dentro de ti.*

– *¿Quieres saber algo más de mí, Dora?*

– *Sí, ¿qué es lo que haces en la vida?*

– *¿Y tú, Dora?*

– *No vale, te lo pregunté a ti primero.*

– *Es verdad. Soy escritor.*

– *¿Escritor de verdad?*

– *¿Qué significa ser escritor de verdad? ¿O es que los hay de mentira?*

– *Perdona, ¿vives de la literatura?*

– *Sí.*

– *Perdona, ¿pero te podría preguntar ahora una cosa?*

– *Claro.*

– *¿Me podrías decir tu nombre?*

– *Jajajaja. Ahora, descúbrelo, Dora.*

– *Sabía de antemano tu respuesta. Pero me da lo mismo. ¿Podemos seguir hablando otro día?*

– *Por supuesto, Dora. Me haces sentir bien.*

– *Gracias, te mando un mensaje cuando pueda conectarme.*

– *Cuando tú quieras, tengo tiempo de sobra.*

– *Hasta otro día.*

– *Hasta cuando quieras, Dora.*

Fue la única conversación que llegaron a mantener a través de aquella página.

Su poesía fue haciéndose mucho más ágil a partir de entonces: "*Versos de corazones que se encuentran en un lugar perdido donde nadie es capaz de escuchar una palabra*". Su cuenta bancaria seguía creciendo.

Escasos días después, sólo se le ocurrió enviarle a Dora el siguiente mensaje deletreado, en forma de interrogación: "*¿T-E—V-I-E-N-E-S?*". Ella no se lo pensó demasiado,

218

posiblemente tampoco tendría nada especial que hacer. Segundos, minutos, horas, días después. Un mensaje con una sola palabra deletreada, en forma de interrogación: *"¿D-Ó-N-D-E?"*. Una respuesta por parte de Carlos que no se hizo esperar demasiado con sus señas, advirtiéndole varias cosas. *Pixie, Dixie and Mr. Jinks* le contó a *Dora la exploradora* lo de su refugio aislado, lo de sus luces blancas, lo de sus extractores de aire, lo de sus pedidos a través de internet, lo de las dos manos, incluso lo de sus *"Versos de un corazón con ganas de seguir latiendo"*... Instantes después, Carlos obtuvo por respuesta de Dora el siguiente mensaje: *"S-Í, Carlos"*.

A la mañana siguiente sonaba el timbre de la puerta de su casa, a través de la mirilla la imagen de Dora. Al abrir la puerta, ella aguardando acompañada de una enorme maleta. Sólo un abrazo en silencio, como si las palabras no escritas continuaran vedadas, como si el sonido de sus voces se hubiera apagado definitivamente, el idioma de sus palabras olvidadas. Un entrechocar de cuerpos aferrados que expresaban mucho más que unas escasas conversaciones previas. Sólo se trataba de dejarse llevar, como Carlos le había dicho días antes, habituarse, acostumbrarse cada uno a los cambios.

Una amplia maleta abierta sobre la cama. Un apartamento que se llenó de zapatos, de vestidos, de ropa interior, de cosméticos, de perfumes, de faldas, de blusas, de camisetas, de compresas... que fueron ordenándose hasta encontrar su espacio natural en medio del absoluto silencio. Dvôrák y su *"Novosvêtská"* sonando de fondo, como si un nuevo mundo estuviera moldeándose en armonía después de la eclosión, sine die.

Sobre la mesa de cristal del salón, toda una cena dispuesta para la bienvenida de Dora. Una cena hindú pedida a través de internet, acompañada de una cubitera enfriando una botella de *Veuve Clicquot*. Frente a *Pixie, Dixie and* Mr. *Jinks, Dora la exploradora* envuelta en sus mejores galas para la ocasión. Sólo se miraban, sólo se sonreían entrechocando sus copas con un brindis de burbujas doradas.

A partir de aquel día, él se sentaría delante del ordenador escribiendo *"Versos de corazones compartidos que bombean palabras con sentimientos de amor"*. A su lado, siempre estaría Dora, leyendo aquellas palabras capturadas de un alma ahora acompañada, fija su mirada, quietas sus manos sobre la mesa, con su nuevo peinado de todas las mañanas, con sus zapatos de tacón alto puestos, poniendo sus manos sobre las de él de vez en cuando.

Ya no serían sólo dos manos, había cuatro, además de dos pieles que se buscaban en la oscuridad de la noche.

Aquella mañana de lunes empezó como todas las mañanas de lunes.

Carlos despertó temprano. Había adquirido la costumbre de leer algo mientras tomaba el café, antes de salir para la oficina.

Antes que nada, encendió el ordenador e intentó entrar en la página de su banco, y digo intentar, porque, nada más abrir la página, introducir el usuario y la contraseña, la web de la entidad le devolvió el siguiente mensaje:

> *Página fuera de servicio,*
> *disculpen las molestias*

Bueno, pensó, se acercaría al cajero antes de llegar al trabajo.

Apagó el ordenador y se encaminó a la cocina para prepararse el desayuno. Instantes después, se encontraba tumbado en el sofá del salón, leyendo por donde lo había dejado la noche anterior:

También con mono verde que al parecer había descendido por la otra puerta, la de la derecha. Se acercaron a aquel objeto abandonado que seguía enroscado sobre su cuerpo. Lo levantaron del suelo a pulso, cada uno por un brazo y, sin mediar palabra, lo metieron en el interior del furgón. Allí quedó su maletín y el cartón sobre el que había permanecido las últimas jornadas, desde aquel día, en que rompiendo la lógica de la jugada, dejó de ser el señor ♟. Cerraron la puerta trasera. Tras entrar en el vehículo, el furgón arrancó y se perdió por mi izquierda. Sólo me dio tiempo a leer una inscripción en caracteres rojos escrita sobre la puerta trasera del vehículo:

> # Sociedad Protectora de
> # Seres Humanos

La partida de ajedrez había terminado para el señor ♟. (1)

A eso de las ocho tomó una ducha, se vistió y salió a la calle. El día parecía mucho más luminoso que los precedentes, como si el cielo fuese consciente de todo lo que vendría después, durante toda la jornada de lunes, durante los días sucesivos, sin importar que fuese martes, o miércoles, o jueves, o viernes, o sábado, o domingo. Era evidente que apetecía dar un paseo en unas condiciones como aquellas.

Al acercarse al banco, Carlos vio gente agolpada a la puerta. Para su sorpresa, y para la de todos, se encontraba cerrado. No era normal que una sucursal bancaria no hubiera abierto sus puertas un día laboral como aquel, además cerca de las 9 horas.

A la entrada, en un lugar visible, un cartel que decía:

Esta sucursal permanecerá cerrada hasta nuevo aviso.
Disculpen las molestias.
LA DIRECCIÓN

El cajero exterior también se encontraba fuera de servicio.

Los comentarios de las personas allí reunidas eran de sorpresa, pero también de indignación. Pero claro, en tiempos como aquellos, la ira hacia las entidades de crédito no era algo de extrañar.

Gente que llegaba y leía el letrero, que se iba enfurruñada cada una a las ocupaciones que tuvieran por delante: al trabajo, al colegio, a buscar empleo, a pasear, a desayunar con las personas de su edad, o simplemente, a no hacer nada y disfrutar de los días que les quedaran por delante.

Carlos no era consciente en esos momentos de lo que pasaba a su alrededor, ni tampoco la mayoría de los vecinos de aquella ciudad. Lo del banco no era un hecho puntual ni aislado, sólo una consecuencia de algo, un reflejo más.

Al llegar a la oficina, los compañeros se encontraban arremolinados formando un corrillo. Allí se comentaban muchas cosas en voz alta, sin importar siquiera que tenía que haber comenzado la jornada laboral, que cada uno debería estar detrás de su mesa, encendiendo el ordenador, realizando alguna llamada. Tampoco para el jefe, que a esas horas era uno más en el conciliábulo: que si la televisión pública no estaba emitiendo y en su pantalla había a cambio un fundido en negro, sin música ni nada, ni carta de ajuste como antiguamente; que si en las televisiones privadas habían sustituido los telediarios por documentales o por programas de música en su programación; que si los policías que controlaban el tráfico a la entrada de los colegios todas las mañanas hoy no estaban; que si tal oficina municipal también se encontraba cerrada…

Todas aquellas noticias eran un presagio de que algo estaba pasando en la ciudad, sin que nadie tuviera una respuesta. En los periódicos impresos, que algunos habían comprado en busca de una explicación, sólo se hablaba de las noticias de ayer. *Habrá que esperar a los diarios de mañana para ver qué pasa*, decían unos. *Habrá que estar atentos a los acontecimientos*, argumentaban otros. Pero, era extraño todo aquello. En unos cundía el pesimismo, en otros el estupor, para otros era la fantasía. Se oían todos los razonamientos posibles e imposibles. Desde una guerra hasta un golpe militar, desde una invasión alienígena hasta una abducción… Versiones para todos los oídos, para todas las imaginaciones, para todos los estados de ánimo.

Pero era evidente que algo había sucedido, estaba sucediendo, que lo de esta mañana de lunes no era como todas las mañanas de lunes precedentes.

La gente pasó así el día, preguntándose unos a otros si sabían algo más, haciendo llamadas a amigos, a familiares, a conocidos… Pero la vida cotidiana seguía su curso, se mostraba con total normalidad, excepto algunas excepciones aireadas a bombo y platillo a lo largo de la oficina: los teléfonos de la Administración no funcionaban, y sólo ciertos servicios continuaban con su rutina habitual. Los médicos seguían atendiendo en sus consultas, pero las oficinas de los centros de salud y de los hospitales permanecían cerradas. Todo, sin que nadie supiera el porqué. Los profesores seguían dando clase, pero el director del colegio no había aparecido en toda la mañana, y tampoco había avisado.

Evidentemente, unos tuvieron que prestar dinero a otros, a aquellos que no podían vivir sin su tarjeta de plástico, hoy en *off*, a los que nunca habían dejado de confiar en los bancos, en vez guardar su dinero debajo del colchón. Todo lo demás era lo acostumbrado, dentro de la subnormalidad de un estilo de vida que había conducido a la ciudad a este presente.

Al salir del trabajo, donde Carlos y sus compañeros se habían esforzado menos que nunca, tomó algo en un bar cercano, en el que las únicas conversaciones se centraban en los mismos cambios de aquel extraño lunes de octubre, 6 de octubre de 2014. Pero sin que nadie pusiera un poco de luz, entre otros motivos, porque las noticias de las cadenas privadas, fueran de radio o de televisión, se habían olvidado por completo del Presidente, de los Ministros, del Alcalde, de la prima de riesgo, de la subida de la tarifa eléctrica, de las imputaciones por corrupción, de las tasas de desempleo o de pobreza, llenando su programación a base de espacios culturales, deportes, entrevistas a personajes de interés de verdad, después su series y películas, concursos, hasta el *Gran Hermano* alcanzó aquella noche su máxima audiencia histórica. Carlos pensaba, que aquellos telediarios sí que resultaban amenos de verdad, menos dolorosos también. Imaginamos, que aquellas opiniones debían ser compartidas por la mayor parte de sus convecinos.

Pasó toda la tarde en casa, alternando la búsqueda de noticias por cualquier medio (radio, televisión, internet), con su lectura:

Noche cerrada avanzando hacia la amplia explanada en la que, al calor de fogatas, hombres y mujeres intentan recuperar su propia identidad. Formando pequeños grupos, contemplan en la llama del

---

fuego, rostros marcados por recuerdos de una humanidad de la que un día fueron partícipes. Expresiones cansadas, desaliñadas, cuerpos fatigados por el hambre, por la suciedad, despojos víctimas del devenir insaciable que engulle sin piedad, aparta sin reparos, excluye sin más. Campo de concentración en la periferia de cualquier gran ciudad, iluminada a lo lejos por millones de luces artificiales. Barracones dispuestos anárquicamente: cartones, hierros, chapa... simplemente, mantas tendidas sobre un gélido frío que arrecia con violencia a esas horas de la noche, consumiendo la poca vida de la que algunos aún pretendían gozar. Fetidez a vino barato, olor corporal tras días y más días de ausencia de higiene, defecaciones arrojadas en cualquier rincón, restos de vómitos anegando los senderos de la desgracia, humo que penetra hasta lo más profundo de los pulmones, alimentando muertes que se aproximan con vehemencia.

Colin, ex banquero recién salido del trullo, arruinado por la fiebre destructiva de una mujer que le convirtió en un desecho, desposeído de familia, hogar, trabajo, fortuna, valores y esperanza, conversa, al resguardo de la lumbre, con Max, empresario que un día, asqueado por las desgracias de la fortuna, decidió echar a la calle a sus cinco mil empleados, vender todas sus propiedades, entregar toda su riqueza a sus hijos y reiniciar una vida desposeída de cualquier espíritu material... (2)

Y amaneció el martes y nada había cambiado. Después el miércoles, y el jueves, y el viernes. No había noticias de los políticos por ningún lado, ni de los banqueros, ni de las empresas de suministros, ni de las aseguradoras… Aún así, Carlos seguía pulsando el interruptor y seguía haciéndose la luz, abriendo el grifo y fluía el agua, descolgando el teléfono y escuchando el sonido de una línea diáfana.

El único problema con el que tuvieron que enfrentarse, al que debieron acostumbrarse, era que el dinero se fue agotando, cada uno fue haciendo uso del que disponía en un rincón de su casa hasta que dejó de hacerse ver, hasta que llegó a caducar por estar incluso mal visto su uso en la ciudad. Pero su ausencia fue convirtiéndose en práctica, en un nuevo estilo de vida, en ningún caso en un problema, puesto que Carlos y todos sus vecinos empezaron a adquirir la costumbre de compartir cuanto tenían, unos tenían tierras, otros animales, otros manos para trabajar, a final de mes nadie se quejaba de no percibir un salario, bastaba con ir al supermercado, coger la comida y la bebida necesaria; o entrar en un bar y pedir una cerveza, o en un restaurante y degustar un plato de comida. Todos los artículos dejaron de tener un precio, la mesura se convirtió en una virtud, la avaricia en un comportamiento mal visto a los ojos de los vecinos.

Pronto, la gente dejó de preguntarse por lo ocurrido aquella mañana de lunes 6 de octubre de 2014, siguió viviendo como si tal cosa; con menos preocupaciones, eso sí, pero todos se fueron habituando a aquel estilo de vida que había florecido de la noche a la mañana.

De lo demás, de lo que antes estaba, nunca más se supo.

(1) Extracto del relato "El tablero de ajedrez", del libro "Relatos para la tortura de un abandonado doméstico". Jose Acevedo. Ediciones Carena. Barcelona. 2013.

(2) Extracto del relato "La muerte y la doncella" del libro "Relatos para la tortura de un abandonado doméstico". Jose Acevedo. Ediciones Carena. Barcelona. 2013.

HASTA MAÑANA, ELENA

Para Covadonga

Después de tantas metamorfosis sufridas; de tantos vaivenes en el lugar y en el tiempo; de tantas juventudes vividas, sentidas y abrazadas; de tantas Lucías encontradas presentes y olvidadas en la memoria; de tantas luces y sombras en un total de cuarenta y ocho; de tantos momentos presenciados en primera y tercera persona a lo largo de las páginas de mi vida, de la de otros... Parece que el reloj del tiempo le ha dado por pararse en un punto determinado, no sé con qué objetivo, pero intentaré entenderlo abriéndole las puertas al corazón y a la ilusión una vez más.

Carlos me había invitado a la presentación de su nuevo libro. Además de él, allí estábamos la mayor parte de sus seguidores, incluso alguien más. La casualidad a la que volvía a enfrentarme, la que me puso delante de ella, tan desconocida hasta aquella hora exacta de la tarde cordobesa. La saludé, se sentó a mi lado, abrimos conversaciones que nos alejaban de las otras tantas personas con las que compartíamos mesa y cervezas, en la que Carlos intentaba imponer su conversación sobre su Anabel, sobre su Carla, sobre sus tierras del sur. Yo, simplemente, me dejaba enamorar por la cercanía de esa alguien más, por su sonrisa, por sus palabras, ajeno a todo lo demás. Debió parecer un mundo, pero el tiempo se me fue volando, por mucho que intentara prolongarlo, por mucho que camináramos diez minutos después bajo la noche de la ciudad, junto a una maceta, junto al libro de Carlos, en el interior de su coche, sin dejar de hablar, sin dejar de sentir.

Aquel trayecto corto hasta mi hotel fue de esos momentos que nunca olvidamos, los que esperamos para un final feliz en una película, aunque nunca llegue a suceder del todo, que siempre deseamos que se prolongue, que suceda lo que esperamos, el final feliz, el abrazo de los cuerpos que se despiden sintiéndose más unidos que nunca, para no volver a separarse, la proximidad de dos labios que se despiden para volver a encontrarse pronto, el pellizco profundo que nos atrapa definitivamente y nos deja heridos de sentimientos.

Entonces no sabía su significado. Días después, tampoco. Aunque sigo emocionándome al recordar el momento, al prolongarlo en el tiempo, al construir con él mi propia película con su propio final. Esta mañana me he atrevido a confesárselo a ella, que ella interprete, que ella haga lo que quiera.

También he llamado a Carlos, le he contado ese estado de embriaguez en el que me encuentro desde aquella tarde. Me ha pedido sinceridad, me ha pedido atrevimiento, me ha pedido que abra mi ilusión al presente de la vida, cerrar las puertas a las cuarenta y tantas sombras de mi existencia, escribir con sus palabras la nueva historia que ahora comienza, la que yo sea capaz de componer.

Nos veremos muy pronto. Eso espero.

Hasta mañana, Elena.

ÍNDICE